Dobretsberger / Neiss • Wiener Salongespräche

Christine Dobretsberger

Wiener Salongespräche

Mit Fotos von Beatrix Neiss

NP

Buchverlag

Bibliographische Information Der Deutschen Bibliothek
Die Deutsche Bibliothek verzeichnet diese Publikation in der Deutschen Nationalbibliographie; detaillierte bibliographische Daten sind im Internet über http://dnb.ddb.de abrufbar.

www.np-buch.at
verlag@np-buch.at

Grafische Gestaltung: Verlagsbüro Wien, Kurt Hamtil
Satz: Buchstab & Note, Stefan Adamski
Coverfoto: Beatrix Neiss

Gesamtherstellung:
Niederösterreichisches Pressehaus
Druck- und Verlagsgesellschaft mbH
A-3100 St. Pölten, Gutenbergstraße 12

ISBN 3-85326-222-8

Inhalt

Vorwort

Manche Ideen sind Geschichte, andere wiederum Teil einer neuen Geschichte. Kombiniert man Tradition mit Gegenwart, zeichnen sich mitunter Ideen ab, die ein Hauch von Legende umgibt. Da Legenden im Reich zwischen Dichtung und Wahrheit angesiedelt sind, liegt der Reiz dieser Geschichten im – nach allen Seiten hin offenen – Mythos. Und Offenheit weckt Neugierde – auch was die Entstehungsgeschichte des vorliegenden Buches betrifft.

Denn alles begann an einem langen Winterabend bei einem guten Glas Rotwein und einem Gespräch über den legendären Salon der Berta Zuckerkandl. Wir malten uns aus, welche Persönlichkeiten aus Kultur-, Wissenschafts- und Politikerkreisen diese noble Adresse besuchten und kippten in eine Zeitfalte, die wir – zumindest mental – sobald nicht mehr verlassen wollten. Der Verlauf dieser Denkspirale führte uns in weiterer Folge ins Cafe Herrenhof der 20er Jahre, wo Intellektuelle wie Franz Werfel, Anton Kuh, Manès Sperber, Hermann Broch, Robert Musil und Friedrich Torberg ihre Gesprächszirkel abhielten. Als oberstes Gesetz dieser Zusammenkünfte galt der schöpferische Impetus bzw. uneingeschränkte geistige Freizügigkeit. Um in die innersten Bezirke des Geistes vorzudringen, wurde Denken als Experiment begriffen.

Womit wir wieder beim Thema Mythos wären. Denn während die Namen jener Menschen, die das österreichische Geistesleben prägten, größtenteils bekannt sind, bleibt der Inhalt dieser Salongespräche weitgehend ein Geheimnis. Aus diesem Grund beschlossen wir, die Zeitfalte des „Goldenen Zeitalters der 20er Jahre" zumindest teilweise zu verlassen, um die Idee der Salongespräche in der Gegenwart zu verankern. Wir wollten allerdings eine – in vielerlei Hinsicht – neue Form wählen. Denn unser Wunsch, Ohren- und Augenzeugen von intellektuellen Gesprächsrunden zu sein, sollte einerseits einer breiteren Öffentlichkeit zugänglich gemacht werden, andererseits nichts am intimen Charakter der Salonatmosphäre einbüßen. Ziel war es, eine Art Denksalon mit Breitenwirkung zu etablieren, um im schrillen Zeitalter der Soap-Operas einen leisen und doch unüberhörbaren Gegenpart zu setzen. Jenseits des Eklektizismus der Informationsüberflutung sollte ein Weg gefunden werden, um den Salon als Keimzelle des Denkens wahrnehmbar zu machen. Und weil wir Wien als historisch begünstigten Ausgangsort für derlei Begegnungen begreifen, nannten wir das Projekt „Wiener Salongespräche".

Für uns war es in der Folge wichtig, dass unsere Position in diesem Rahmen geklärt wurde: So wählten wir jene Form der Wahrnehmung, die eine beobachtende Haltung einnimmt. Dies sollte für die Moderation genauso gelten wie für die fotografische Begleitung unserer „Wiener Salongespräche". Somit gab und gibt es weder oktroyierte Fragen noch ein inszeniertes Fotokorsett, das von der inhaltlichen Gedankenspur ablenken könnte. Der Grundtenor unseres Vorhabens war und ist es, eine fotografisch bewegte Gesprächs- und Porträtreise quer durch verschiedene Orte und Umgebungen zu kreieren, die beide Diskutanten beim Wort nimmt. Begegnungen mit Persönlichkeiten, wo die Chance besteht, dass sich – kraft der Kommunikation – imagebelastete Rollenbilder in Menschenbilder verwandeln.

Wie konnten wir diesem Anspruch gerecht werden? Als ideale Lösung erschien es uns, jeweils zwei Persönlichkeiten aus dem österreichischen Geistesleben einzuladen, wobei Inhalt, Ort und Dauer des Gesprächs völlig offen gehalten waren. Die beiden geladenen Gäste sollten die Möglichkeit erhalten, dass sich das Gespräch ganz in ihrem Sinne entfaltet. In der Praxis variierte der zeitliche Rahmen zwischen zwei und sechs Stunden.

In jedem Fall spannend war die Art und Weise, wie die einzelnen Begegnungen zustande kamen. Denn auch im Falle der „Wiener Salongespräche" war der Ausspruch „Wo Menschen sind, da menschelt's" zutreffend, womit im Vorfeld so mancher namhaften Begegnung Fingerspitzengefühl und Diplomatie vonnöten waren, damit sich die „richtigen" zwei Menschen gegenüber saßen. Reichlich belohnt für unsere Bemühungen wurden wir nicht nur mit interessanten, sondern auch mit sehr persönlichen Bekenntnissen und Anekdoten, egal, ob sich die beiden Gesprächspartner seit Jahrzehnten kannten oder zum ersten Mal persönlich kennen lernten.

Verantwortlich dafür mag eine Atmosphäre sein, die wir so gerne in unsere Zeit hinüberretten wollten: Eine Lust am Denken, die vor dem Hintergrund einer gelebten gegenseitigen Wertschätzung und Achtung passiert. Das Entscheidende dabei ist nicht unbedingt das Finden von passenden Antworten, sondern für uns war es wichtig, dass immer neue Fragen gestellt werden, damit die Wurzel der Kommunikation als dialektischer Prozess begriffen werden kann.

Wie gelang der Brückenschlag zwischen Intimität und Öffentlichkeit? Denken bedarf, unserer Ansicht nach, im ersten Schritt der Ruhe und im zweiten der Bekanntmachung durch mediale Unterstützung. Da der intime Charakter der Salongespräche nicht gefährdet werden sollte, fanden die Diskussionen ohne Publikumsbeteiligung statt. Als erste Plattform der Veröffentlichung konnte dankenswerter Weise die „Wiener Zeitung" gewonnen werden, die unserer Idee einen überaus prominenten Platz in der Kulturberichterstattung einräumte und nach wie vor einräumt. Dass nun eine Auswahl von zwanzig „Wiener Salongesprächen", die im Zeitraum zwischen März 2000 und April 2003 stattgefunden haben, in einer reich bebilderten und ausführlicheren Fassung in Buchform vorliegt, ist die nächste Station der eingangs erwähnten Dynamik zwischen Idee und Geschichte.

Für uns stellt das Buch, im engeren Sinn, ein Kulturgut dar. Es lädt auf einzigartige Weise dazu ein, als Gast an den „Wiener Salongesprächen" teilzunehmen, Gedanken aufzugreifen und weiterzudenken, mitunter im Freundeskreis zu diskutieren, oder sich alleine auf die Spurensuche der persönlichen Erfahrungswelt zu machen. Deshalb gilt unser ganz spezieller Dank all jenen Menschen, die unserer Einladung bereitwillig folgten und zwischen den Polen von Sinnfindung und Sinnstiftung das Leben als tägliches Denkabenteuer begreifen, wo jeder die Chance besitzt, seinen eigenen Denksalon zu gründen.

Gefährdet Schauspielerei die Identität?

Karlheinz Hackl und Peter Kampits über die fliessende Grenze zwischen Kunst und Leben

Kaum ein Schauspieler steht so oft auf der Bühne bzw. vor der Kamera wie Karlheinz Hackl. Sein umfangreiches Repertoire bringt nicht nur eine Vielzahl von Rollen mit sich, sondern auch die Frage, inwiefern Schauspielkunst auf die eigene Persönlichkeit abfärbt. Im Wiener Salon von Denise Pace-Friedensberg diskutierte Peter Kampits, Vorstand des Instituts für Philosophie an der Universität Wien, mit Burg-Schauspieler Karlheinz Hackl.

Inwieweit sieht sich der Künstler manchmal als Philosoph bzw. der Philosoph als Künstler?

KARLHEINZ HACKL: Ich bin gewissermaßen ein Sonderfall, weil ich ja etwas ganz anderes studiert habe und den Beruf fast aus einer Naivität heraus ergriffen habe.

PETER KAMPITS: Was haben Sie studiert?

HACKL: Ich habe auf väterlichen Wunsch Betriebswirtschaft studiert. Von daher ist in mir immer ein Widerspruch, weil all meine Versuche, Beruf und Studium in Einklang zu bringen, missglückt sind. Namentlich habe ich mir immer vorgestellt, dass ich ein ganz guter Theaterdirektor wäre. Mittlerweile bin ich stolz auf meinen Beruf, weil ich weiß, dass die Interpretation eines Schauspielers in Zusammenhang mit einer Figur und einem Stück nicht nur reproduzierender Natur, sondern sehr wohl eine künstlerische Tätigkeit ist. Mit einiger Erfahrung kann ich sagen, dass es tausende Möglichkeiten gibt, einen einzigen Satz zu sagen.

Mein Wirtschaftsdiplom habe ich übrigens immer noch über dem Schreibtisch hängen. Keine künstlerische Auszeichnung – nur dieses Diplom. Wahrscheinlich, weil es das Einzige ist, worauf ich stolz bin, weil es mich einige Mühe gekostet hat.

KAMPITS: Ich hake noch einmal beim Stichwort Interpretation ein, weil ich glaube, dass wir hier eine gewisse Nähe haben. Natürlich hat die Philosophie eher den Anspruch, sich auf einer rationalen Ebene zu bewegen. Aber ich denke, dass die Grenze zwischen Rationalität und Kreativität eine fließende ist. Es gibt das schöne Wort von Nietzsche: „Wir haben die Kunst, um nicht an der Wahrheit zu sterben." Die Enthüllung einer bestimmten Form der Wahrheit durch die Kunst ist für mich in vielerlei Hinsicht fast verlockender als der Routinebetrieb der Philosophie. Was ich am Schauspieler bewundere, ist die Ensemblefähigkeit, die wir nicht haben. Niemand kann für mich denken. Teamwork ist in der Philosophie sehr schwierig. Ich frage mich, inwieweit diese unglaubliche Kommunikation innerhalb des Theaterbetriebes aufzulösen ist.

HACKL: Bei uns kommt manchmal sogar der Punkt, wo man sich fragt, wie man – angesichts des Ensembles – seine Individualität aufrechterhalten kann. Max Reinhardt hat auf die Wand des Reinhardt-Seminars geschrieben: „Sie sind einem Orden beigetreten. Alle für einen." Die Kunst, die wir ausüben, ist eine Ensemblekunst. Nur auf Grund dieser Gemeinsamkeiten ergibt sich ein großer Abend. Das Interessante an dieser Konstellation ist allerdings die Tatsache, dass sich das Ensemble einerseits aus einem Konglomerat vieler Egoisten zusammensetzt, die andererseits trotzdem miteinander arbeiten müssen. Aber im Grunde muss man sich zugestehen, wie wichtig es ist, sich selber in eine Einheit zu bringen. Je mehr ich mich selber akzeptiere und kenne, desto stärker bin ich als Schauspieler. Das ist in meinem Beruf eine große Chance, gleichzeitig eine enorme Überwindung, weil man das, was man über sich weiß, in ein Ensemble einfließen lässt.

KAMPITS: Ich habe den Eindruck, dass große dramatische Dichtung wie etwa Shakespeare, Goethe oder Ibsen unglaublich viel an Aussagen und Deutungen über die Wirklichkeit gibt, die philosophisch nur sehr mühsam und beladen mit sehr viel Rücksicht auf Tradition einhergehen. Im Gelehrtentum zeigt sich so eine Art *déformation professionnelle*. Jetzt wäre für mich die Frage interessant, wie ein Schauspieler mit dem Inhalt eines Theaterstücks umgeht. Ist ihm das überhaupt wichtig oder dominiert eher der Wunsch nach Selbstdarstellung?

Karlheinz Hackl: „Es schlagen zwei Seelen in meiner Brust."

HACKL: Es schlagen zwei Seelen in meiner Brust. Deshalb habe ich eine so große Sehnsucht, neben der Schauspielerei auch Regie zu führen. Meine Frage war immer: Wie bringe ich den Anspruch, den der Autor hatte, als er das Stück schrieb, heute dem Zuschauer nahe? Ein Theaterstück besteht ja aus einer Perlenkette von Konflikten, die wir alle zutiefst kennen.

KAMPITS: Denken wir an Persönlichkeiten, die sowohl im Bereich der Philosophie als auch auf dem Gebiet der dramatischen Kunst tätig waren, zum Beispiel Sartre. Nehmen wir das Stück „Bei geschlossenen Türen", wo die Grundaussage „Die Hölle, das sind die anderen" herauskommt und Sartre parallel dazu ein 700-Seiten-Werk schreibt – „Das Sein und das Nichts" –, ebenfalls mit dem Ergebnis, dass das Wesen des Seins mit dem Anderen der Konflikt ist. Frappierend für mich ist in diesem Zusammenhang, dass Sartre diese langen Reflexionsprozesse benötigt, um zu einem Resultat zu gelangen, was er auf dem Gebiet der Literatur viel spielerischer schafft. Ich denke, dass es der Kunst viel besser gelingt, den Schleier, der vor der Wirklichkeit liegt, zu zerreißen, als uns in unseren langwierigen Analysen.

HACKL: Wobei ich sehr vorsichtig sein will beim Versuch, zwischen unseren Berufen Parallelen zu ziehen. Bei der Schauspielerei fühlt man sich in Figuren ein, spielt manchmal einen Arzt oder einen König und übt dabei oft eine Macht aus, die man privat gar nicht hat oder auch nie haben will.

KAMPITS: Mich würde Folgendes interessieren: Wir haben in der Philosophie der Neuzeit durch eine bestimmte Form der Vernunft einen Begriff der Identität ausgebildet, der einen Ausschließlichkeitscharakter gegenüber dem Differenten hat. Das heißt, dass sich Identität immer am Differenten misst, aber letztlich bei sich selber bleibt. Dieser einheitsstiftende Ansatz ist im Grunde ein Fehlweg gewesen. Heute wissen wir, dass wir mit Pluralität und Differenz leben müssen. Empfinden Sie den ständigen Rollenwechsel, dem Sie unterworfen sind, manchmal als Bedrohung Ihrer Persönlichkeitsstruktur?

HACKL: Ich habe es immer als erstrebenswert empfunden, nicht in eine Nische gedrängt zu werden. Kraft des Typs, der ich war, wurde ich als Schnitzler-Ikone eingesetzt, ohne von der Herkunft überhaupt etwas damit zu tun zu haben. Was einem natürlich bald zu viel wird, und man versucht, möglichst unterschiedliche Charaktere zu spielen. In unserem Beruf gibt es zwei Ausprägungen: diejenigen, die sich selber spielen, und diejenigen, die versuchen, sich etwas zu erspielen.

Karlheinz Hackl: „Je mehr ich mich selber akzeptiere und kenne, desto stärker bin ich als Schauspieler."

KAMPITS: Darf ich da nachhaken? Sie haben auf Grund Ihrer Herkunft eine gewisse Identität und kommen jetzt vor die Notwendigkeit, sich in eine völlig andere Rolle einzufühlen. Ist das nun eine Identitätsgefährdung oder streift man das ab?

HACKL: Ich behaupte, dass das nie ein Identitätsproblem war, kann mich allerdings auch empfindlich täuschen. Grundsätzlich bin ich jemand, der vollkommen unrund mit sich selber ist und mit Fragen ringt, die meine Person betreffen. Dem gebe ich nach und besitze offensichtlich ein Geschick, dies auch als Schauspieler zu suggerieren, was mich vielleicht mit dem Gefühlsanspruch des Publikums verbündet.

KAMPITS: Wenn man zum Beispiel Schnitzlers Frauenheld Anatol spielt: Kann man den Anatol spielen, ohne selbst auch Anatol zu sein?

HACKL: Man darf nicht vergessen, dass dieser Anatolismus im Grunde genommen etwas ist, das latent in uns allen möglich ist. Wenn man nun so einen Charakter spielt, muss man beide Aspekte ins Auge fassen. Einerseits kritisiere ich die Figur, andererseits liebe ich sie.

KAMPITS: In etwa damals, als Schnitzler oder Hermann Bahr ihre Stücke schrieben, gab es die impressionistische Philosophie eines Ernst Mach, was unter anderem mit der These verbunden war, dass es kein identisches Ich gibt, das sich kontinuierlich durch unser Leben zieht. Wenn nun kein identisches Ich vorhanden ist, gibt es auch keine Normativität. Anatol beantwortet ja diese berühmte Frage nach der Treue mit der Äußerung: „Diese Frage ist dumm.“ Fühlen Sie sich von diesem Anatol'schen Unbehagen berührt?

HACKL: Wahrscheinlich müssten Sie meine Umwelt fragen. Ich selber bin jetzt in meiner zweiten Ehe und habe mich für eine wesentlich jüngere Frau entschieden – und sie sich seltsamerweise für mich. Natürlich habe ich das Anatol'sche Unbehagen, weil ich jetzt über 50 bin. Ich merke, dass die Zeit sich an meinem eigenen Verhalten – das der private Anatol in mir einmal angestellt hat – gegenüber so mancher Person rächt.

KAMPITS: Erzeugt das Schuldgefühle?

HACKL: Natürlich. Mein Beruf hat sehr viel mit Schuldgefühlen zu tun.

KAMPITS: Philosophisch betrachtet habe ich das Problem, ob wir nicht manchmal mit den Schuldgefühlen übertreiben. Schließlich haben wir es immer mit freien Wesen zu tun.

HACKL: Das ist durchaus möglich.

KAMPITS: Denn der andere besitzt ja auch die Möglichkeit, seine Freiheitsakte zu setzen.

HACKL: Aber Persönlichkeiten manipulieren immer andere Leute.

KAMPITS: Wir manipulieren und werden manipuliert. Dieses Ineinander sollte uns eigentlich von diesen Moralkeulen wegbringen. Ich kann es selber auch nicht. Weil Sie vorher Ihre Herkunft erwähnt haben: Ich genoss eine mittel- bis kleinbürgerliche katholische Erziehung. Heute gehe ich damit zwar reflexiv anders um, als ich es als 17-jähriger getan habe, fühle mich aber trotzdem zu einer Verantwortung aufgerufen, die irgendwo überspannt ist.

HACKL: Vielleicht ist es auch etwas Gutes, dass man etwas hat, woran man festhalten kann.

DENISE PACE-FRIEDENSBERG: Ich habe den Eindruck, dass sich seit Peymann, Handke etc. die Kunst mehr und mehr mit der Politik beschäftigt. Und es ist eigentlich nichts anderes geschehen, als dass die Politik die Bühne geworden ist.

Peter Kampits: „In Österreich existiert eine bestimmte Form der nationalen Identitätssuche."

HACKL: Ich bin der Meinung, dass Peymann, mit all seinen besten Absichten, letztendlich Haider indirekt zu Ruhm verholfen hat. Uns haben sie Hakenkreuze ans Burgtheater geschmiert, je mehr Peymann die Stücke in diese Richtung interpretiert hat. Als Künstler habe ich Peymann immer geschätzt. Aber er war fragwürdig, wenn er sich zum Sonnenkönig stilisieren wollte.

KAMPITS: Da sind wir wieder beim uralten Identitätsproblem. Es gibt eine bestimmte Form des Austro-Masochismus, den wir seit dem Barock irgendwo erleben. Für mich ist diese Spannung zwischen Josefinismus und Barock ein Schlüssel zu vielen Erklärungen des österreichischen Geistes. Es ist typisch, dass bei uns die Revolutionen durch einen Reformkaiser dekretiert werden musste. In Österreich existiert eine bestimmte Form der nationalen Identitätssuche.

HACKL: Woher kommt das? Ist es das Kleingewordensein?

KAMPITS: Es ist auf der einen Seite sicher das Kleingewordensein, andererseits das dynastische Prinzip. In der Monarchie gab es 17 Nationalitäten und 21 Sprachen. Weiters glaube ich, dass ein bestimmtes Inferioritätsgefühl der Österreicher gegenüber den

Deutschen eine Rolle spielt. Eine Art der Selbstbehauptung, die natürlich mit der Kleinheit zu tun hat.

HACKL: Genau.

KAMPITS: Das hat unterschwellige Ressentiments hervorgerufen, mit denen wir offenbar bis heute nicht fertig geworden sind. Dann kommt, meiner Meinung nach, noch das Erbe der Multinationalität hinzu. Gerade in Ostösterreich haben wir seit Jahrhunderten gelernt, unter anderem mit ungarischen und slawischen Elementen als so genannte Herrschaftsnation umzugehen. Diese Gebrochenheit sind wir immer noch nicht losgeworden. Was einen wieder auf die Frage zurückbringt: Wie kann man mit seiner eigenen Identität in den verschiedensten Rollen leben?

Umgekehrt gefragt: Wie sehr beeinflusst die Philosophie Ihre Persönlichkeit?

KAMPITS: Da kann ich nur eine ähnliche Antwort wie Herr Hackl geben. Man muss unterscheiden: Einerseits muss ich bei Vorlesungen philosophische Denkrichtungen im wahrsten Sinne des Wortes „darstellen", andererseits interpretieren. Und da ist mir beispielsweise ein Nietzsche sympathischer als ein Karl Marx. Nur, die eigene Identitäts- und Wahrheitssuche bleibt davon unberührt. Was mir schon zu schaffen macht, ist die Unsicherheit, ob irgendetwas, was man als Resultat einer philosophischen Reflexion verkündet, nicht sofort wieder konterkariert wird.

HACKL: Aber das ist doch eine große Parallele! Jedem verantwortungsbewussten Schauspieler müsste nach einer Probe ein ähnlicher Gedanke kommen.

KAMPITS: Ich ziehe mich dann gerne auf das sokratische „Ich weiß, dass ich nichts weiß" zurück, was immer noch die beste Antwort ist. Und in Wahrheit fürchte ich die Leute, die sagen: „So ist es", und daran gibt es keinen Zweifel mehr.

PACE-FRIEDENSBERG: Das Problem ist, dass die meisten Menschen das lieber hören, weil es einfacher ist.

KAMPITS: Da haben wir wieder die Dialektik zwischen Sicherheit und Freiheit. Freiheit ist immer unbequem. Demokratie ist immer unbequem. Sicherheit ist immer angenehmer. Das ist ein

„Freiheit ist immer unbequem."

Phänomen, das Sie in den postkommunistischen Ländern immer finden werden. Wo die Menschen zuerst euphorisch die Freiheit begrüßt haben, bis sie erkannt haben, wie mühsam alles ist. Jetzt fordern sie die alten Sicherheiten wieder ein. Und das halte ich schon für zwei Konstituenten der menschlichen Natur. Einerseits der Wunsch nach Sicherheit und Geborgenheit, andererseits das Abenteuer, das Ausbrechenwollen.

Wie gefragt ist in diesem Zusammenhang heute Geist?

KAMPITS: Das muss man differenziert beantworten. Zum einen hat sich ja gezeigt, dass sich eine bestimmte Form von Geistigkeit mit politischem Handeln nicht verträgt. In der Philosophie haben wir das Beispiel von Plato, der einen idealen Staat entwarf, der natürlich auch totalitäre Züge trug. Für mich sind diese vom Geist bestimmten Versuche, in die Politik zu gehen, alle gescheitert. Dass das Geist sehr oft zum Ornament geraten lässt, spüre ich sehr stark. Es gibt einen schönen Ausspruch von Camus, der auf die Frage, bei welcher Partei er Mitglied sei, mit einer Gegenfrage geantwortet hat: „Gibt es eine Partei von Leuten, die sich nicht sicher sind, Recht zu haben? Dort bin ich Mitglied."

Was wieder die Frage aufwirft: Wie politisch darf Kunst sein?

KAMPITS: Für mich wäre die unmittelbare Indienstnahme der Kunst durch die Politik ein Horror. Auf der anderen Seite ist der

Elfenbeinturm ebenfalls zu vermeiden. Die kritische Funktion ist aufrechtzuerhalten, darf sich aber nicht in sich selber erschöpfen.

HACKL: Unser Uranliegen ist es, den Menschen zu verteidigen. Ich bin 1972 zum Theater gekommen. Wir hatten aus dem Bauch heraus den Anspruch, uns über die so genannten kleinen Leute in keiner Weise lustig zu machen, sondern das, was sie ausmacht, zu schätzen. Diese Lust, Menschen zu verteidigen, stand auch an der Wiege eines Herrn Turrini oder eines Wolfgang Bauer.

KAMPITS: Dem kann ich mich nur anschließen. In der Philosophie müssen wir doch auch genau dieses Humanum mit seinen ganzen Fragwürdigkeiten und Gebrechlichkeiten in die Optik nehmen. Und eben dieses Bekennen zur Fehlbarkeit des Menschen muss man verteidigen. Und das muss man auch gegenüber Zugriffen von außen tun, seien sie politischer, ökonomischer, dogmatischer oder fundamentalistischer Natur.

1. März 2000, im Salon von Denise Pace-Friedensberg

KARLHEINZ HACKL

Geboren 1949 in Wien. Absolvierte nach der Matura sowohl ein Betriebswirtschaftsstudium als auch die Schauspielschule Krauss. 1972/73 Debüt am Wiener „Theater der Courage“. Nach einem ersten Vertrag am Theater in der Josefstadt war Hackl von 1974 bis 1976 am Wiener Volkstheater engagiert. Von 1976 bis 1978 gastierte Hackl am Thalia-Theater Hamburg. Seit 1978 ist der Kammerschauspieler Ensemblemitglied des Wiener Burgtheaters. Musicalerfolge feierte Hackl als Partner von Frank Hoffmann in „La Cage aux Folles“ sowie als „Der Mann von La Mancha“ an der Wiener Volksoper. 1986 Kainz-Medaille. Seit 1988 Regiearbeiten (Volkstheater, Theater in der Josefstadt). Neben seiner umfangreichen Bühnentätigkeit wirkte Hackl in zahlreichen Fernseh- und Kinofilmen mit (u. a. mit Maximilian Schell, Meryl Streep und James Mason). Seit 1996 Professor für Rollengestaltung am Max-Reinhardt-Seminar.

PETER KAMPITS

Geboren 1942 in Wien. Studium der Philosophie, Psychologie und Geschichte an der Universität Wien. 1965 Promotion, 1974 Habilitation. Seit 1977 Universitätsprofessor für Philosophie an der Universität Wien. 1987–1991 Institutsvorstand. Gastprofessuren u. a. in der Türkei, Slowakei, in Kroatien und den USA. 1988–1995 Wissenschaftlicher Leiter der NÖ Landesakademie und Direktor des Zentrums für Ethik und Medizin. Seit 1982 Präsident der Internationalen Ferdinand-Ebner-Gesellschaft. 1988–1990 Präsident der Österreichischen Gesellschaft für Philosophie. Seit 1990 Vorstandsmitglied der Österreichischen Ludwig-Wittgenstein-Gesellschaft. Zahlreiche Publikationen speziell zu den Themen Gegenwartsphilosophie, Ethik und Sprachphilosophie. Seit Juni 2001 Vorstand des Instituts für Philosophie an der Universität Wien.

Verschiebung von Wertigkeiten

KUNST ALS WIRTSCHAFTSFAKTOR: CHRISTA HAUER IM DISKURS MIT CARL AIGNER

Christa Hauers Biographie liest sich wie eine Legende: Ihr Großvater – Franz Hauer – war ein wichtiger Mäzen von Schiele, Kokoschka und Egger-Lienz. Ihr Vater – Leopold Hauer – reüssierte als Landschaftsmaler, sie selbst auf verschiedenen Gebieten: einerseits als Künstlerin, die seit den 50er Jahren ihren persönlichen Ausdruck in der abstrakten Malerei verfestigt, andererseits als Galeristin und Präsidentin des Berufsverbandes der bildenden Künstler Österreichs. Inwiefern im Kunstbetrieb ein Wertewandel stattgefunden hat, erörterte Christa Hauer mit Carl Aigner, Direktor des Niederösterreichischen Landesmuseums.

CHRISTA HAUER: Die Entwicklung im Kulturbetrieb macht mir Sorgen, wie du weißt.

CARL AIGNER: Ich will provokant beginnen: Wir haben noch nie so viel Kulturbudget gehabt wie jetzt. Warum machst du dir Sorgen?

HAUER: Weil das Kulturbudget für alles Mögliche, nur nicht für die Künstler angewendet wird. Es müssen immer neue, noch tollere Museen gebaut werden. Unlängst war ich zum ersten Mal in diesem Sarg.

Im MUMOK?

HAUER: Ja. Ich finde es total pervers, ein Museum ohne Fenster zu bauen. Für mich geht nichts über das Tageslicht.

AIGNER: Da sprichst du auch als Malerin. Viele Künstler wollen einen fensterlosen Raum mit vier Wänden. Aber kommen wir wieder zu diesem Aspekt zurück, dass ein zu großer Anteil des Kultur- und Kunstbudgets in die Infrastruktur fließt.

HAUER: Heutzutage ist die Verpackung wichtiger als der Inhalt. Das hat, glaube ich, mit der Werbung zu tun, die ja meistens auch besser ist als das Produkt. Ich bin ein 25er Jahrgang und bin durch meine Familie mit bildender Kunst aufgewachsen. Wenn ich denke, mit was für einfachen Mitteln mein Mann und ich in den 60er Jahren die Galerie im Griechenbeisl geführt haben. Trotzdem gab es alle drei bis vier Wochen eine neue Ausstellung.

AIGNER: Ich denke, dass sich die Ansprüche und Erwartungen im Bereich der Präsentation von bildender Kunst verändert haben.

HAUER: Ja, aber der Punkt ist für mich der, dass es – bis auf die paar Starkünstler – dem Gros der Künstler finanziell miserabel geht. Früher war es so, dass die Secession zirka alle zwei Jahre neu ausgemalt wurde – und meistens von den Künstlern selbst. Heute sieht es so aus, dass faktisch für jede Ausstellung eine neue Architektur gemacht wird. Was ein Künstler für mein Gefühl braucht, sind weiße Wände und ein möglichst gutes Licht.

AIGNER: Aber es sind die Künstler selbst, die diese Ansprüche entwickeln. Dass die Secession mit jeder Ausstellung neu eingerichtet wird, erfordern ja die künstlerischen Projekte.

HAUER: Das glaube ich nicht, vielleicht einige Wenige.

AIGNER: Ein Teil ganz gewiss. Weil sich die künstlerischen Werke ganz wesentlich verschoben haben. Beispielsweise die Installationen, das Thematisieren von Raum oder das Arbeiten mit Medien.

HAUER: Ich kann nur von mir sprechen und von meinen Kolleginnen und Kollegen, von denen ich solche Forderungen nie gehört habe. Es wäre ihnen lieber, wenn ihnen ein Bild abgekauft worden wäre. Früher hat eine Galerie beim Verkauf eines Werkes ein Viertel vom Verkaufspreis genommen. Später war es ein Drittel, heute ist es die Hälfte. Da haben wir uns gedacht, dass es schön wäre, wenn Künstler bei einer Repräsentationsausstellung, wo nichts verkauft wird, einen kleinen Betrag von dem ausstellenden Haus oder von öffentlicher Seite bekämen. Daran ist allerdings nach wie vor nicht zu denken. Das meiste Geld fließt in die Werbung und in alle möglichen Dinge rundherum.

AIGNER: Ich denke, dass das auch kulturpolitisch immer wieder nachdrücklich diskutiert gehört. Es stimmt tatsächlich: Wenn man eine Ausstellung anschaut, kommt der Künstler in Sachen Verdienst an letzter Stelle.

HAUER: Wir haben einmal ausgerechnet, wer aller an einer Ausstellung verdient: die Versicherungen, die Transportfirmen, die Farbfirmen etc. Der Künstler am allerwenigsten.

Christa Hauer: „Für mich hat der Horror mit den Kunstmessen begonnen."

AIGNER: Allerdings muss man dazu sagen, dass das nur bedingt stimmt. Dadurch, dass ein Künstler in einer wichtigen Institution ausstellt, ist das so etwas wie ein Wertgewinn. Zunächst „nur" symbolisch, aber in der Folge durchaus auch aus materieller Sicht. Plötzlich werden Sammler aufmerksam, das darf man nicht übersehen.

HAUER: Das war immer wichtig. Aber wer kommt schon in große Ausstellungen? Doch vorwiegend die Bekannten und Erfolgreichen.

AIGNER: Worin ich dir absolut zustimme, ist das Problem der Verhältnismäßigkeit. Es ist eine Inversion der Wertigkeiten eingetreten. Schließlich sind es die Künstler, die eine Ausstellung überhaupt erst ermöglichen.

HAUER: Für mich hat der Horror mit den Kunstmessen begonnen oder mit diesem schrecklichen Ausdruck: „Aktie" an der Wand, wie überhaupt mit der Kommerzialisierung der Kunst.

AIGNER: Jeder Künstler, der seine gesellschaftliche Etablierung einfordert, ist automatisch auch ein Unternehmer geworden, agiert also auch gewinnorientiert.

HAUER: Ich sehe den Künstler natürlich nicht als Unternehmer. Ich weiß nicht, wie du das verstehst.

AIGNER: Dass Künstler Menschen sind, die etwas schaffen. Ich will nicht den Begriff Produkt nehmen, denn dort liegt der Unterschied. Künstler schaffen besondere Güter, sehr komplexe, sensible Güter, die kaufmännisch nicht ohne weiteres veranschlagt werden können.

HAUER: Da Kunst weder gegessen noch getrunken werden kann, glauben manche Menschen, dass Kunst überflüssig sei.

AIGNER: Ich denke, das ist eine anthropologische Frage. Wir sind in unserer biologischen Entwicklung Kulturwesen geworden und in eine offene Dimension vorgestoßen, die uns die Freiheit gibt, über uns selbst reflektieren zu können. Und dort ist ja die Geburt der Kunst. Deshalb sind wir automatisch nicht nur Wesen, die Nahrungsmittel im Sinne von Grundnahrungsmitteln zu sich nehmen, sondern wir benötigen ja noch ganz andere „Nahrungsmittel" – das Kulturelle, das Geistige, das Künstlerische, das Ästhetische. Ohne diese Lebensmittel könnten wir generell ja gar nicht wirtschaften und existieren.

HAUER: Und wären keine Menschen.

AIGNER: Genau. Das ist der Punkt.

HAUER: Kennst du die Höhlenmalerei in Altamira?

AIGNER: Leider nur von Bildern.

HAUER: Das war einer der stärksten Eindrücke für mich. Ich war einfach fassungslos, wie ich vor zirka 30 Jahren diese fast lebensgroßen Tierbilder gesehen habe. Damals gab es keine Kunstmessen, keinen Kunsthandel etc. Kunst war einfach ein wesent-

„Der Reiz der Kunst ist, dass man sie nicht verstehen, sondern nur empfinden kann."

licher Bestand des Lebens und des Überlebens und das ist sie, glaube ich, auch heute noch.

AIGNER: Deshalb sage ich auch immer, um den Bogen zurück zu schlagen: Wir führen eine vollkommen verquere Diskussion in Bezug auf Wirtschaft und Kunst. Ohne Kultur und gewissermaßen auch ohne Kunst gäbe es auch keine Wirtschaft. Wir müssen da sehr sensibel sein, dass uns das nicht immer umgedreht wird, dass die Kunst der Wirtschaft so viel verdankt.

HAUER: Das wird ja kaum besprochen und analysiert.

AIGNER: Wie siehst du den Bereich der Kunst-Rezeption rückblickend? Du bist ja lange Zeit – und eigentlich bis heute – irgendwo dazwischen gestanden. Einerseits als Künstlerin und Kunstvermittlerin und auf der anderen Seite als jemand, der kulturpolitisch unglaublich für die Kunst gefightet hat.

HAUER: Mein Großvater war ein Mäzen und Sammler. Wie er dazu gekommen ist, ist für mich sowieso ein Mirakel, weil er außer einer Volksschulbildung nichts gehabt hat – einfach nur den Blick. Aber das ist bei der Kunst ohnedies das Entscheidende.

AIGNER: Darin liegt ja auch ein gesellschaftliches Missverständnis, und zwar in der Weise, dass es oft heißt, Kunst sei etwas Kompliziertes – sie ist etwas Komplexes!

HAUER: Der Reiz der Kunst ist, dass man sie nicht verstehen, sondern nur empfinden kann. Der Inhalt bleibt irgendwo ein Geheimnis.

AIGNER: Was wir nicht übersehen dürfen, ist, dass die Kunst auch mit ganz speziellen Erkenntnisprozessen zu tun hat. Dass sich aus dem Naturalismus, dem Realismus quasi der Impressionismus entwickelt hat. Dass der Impressionismus sich weiterentwickelt hat in einen Symbolismus, in einen Expressionismus, in die abstrakte Kunst. Das sind erkenntnistheoretische Schritte. Das ist mir ein großes Anliegen, weil wir Kunst auch immer zu etwas zählen müssen, das uns Erkenntnisse über uns selbst und über die Gesellschaft, in der wir uns gerade bewegen, bietet. Das ist etwas ganz Wichtiges und geht sehr schnell verloren, weil es oft heißt: Kunst ist ja kompliziert. Keiner regt sich darüber auf, wenn er heute sein digitales Fernseh-Gerät kauft, dass er eine umfangreiche Anweisung lesen muss. Aber der Kunst wird etwas zum Vorwurf gemacht, was im alltäglichen Leben eine Selbstverständlichkeit ist.

HAUER: Die Qualität ist eben nicht so leicht feststellbar. Es ist etwas Geheimnisvolles zwischen Beschauer und Kunstwerk. Das scheint so ähnlich zu funktionieren wie Liebe. Zu gewissen Menschen fühlt man sich hingezogen und so ähnlich funktioniert es mit einem Kunstwerk.

AIGNER: Kunst ist genau zu jenem Ort in der Gesellschaft geworden, wo all das, was nicht im Sinne eines Rationalismus funktioniert, zum Ausdruck kommt. Seit der Aufklärung steht die Kunst speziell dann im Brennpunkt, wenn es um die Freiheit geht. Kunst ist seit über zwei Jahrhunderten auch der Ort, wo sich eine Gesellschaft Rechenschaft über ihren inneren und äußeren Freiheitszustand gibt.

HAUER: Da kommen wir jetzt zu einem ganz anderen Thema der Kunstvermittlung: Welche Namen hast du erwähnt? Die zwei Namen, die pausenlos fallen. Was natürlich die übrigen Künstler schon ein bisschen irritiert.

AIGNER: Absolut d'accord. Das ist natürlich ein Phänomen, das wir nicht auf den Bereich der Kunst reduzieren dürfen. Sozusagen das Schicksal des Vergessenwerdens.

Carl Aigner: „Es ist eine Inversion der Wertigkeiten eingetreten."

HAUER: Mein besonderes Anliegen in der Ausstellung „Mimosen, Rosen, Herbstzeitlosen. Künstlerinnen von 1945 bis zur Gegenwart" ist es, Künstlerinnen wieder zu präsentieren, die in den 50er oder 60er Jahren recht bekannt waren und trotzdem in Vergessenheit geraten sind. Zum Beispiel Rita Furrer, Johanna Schidlo, Maria Szeni oder Meina Schellander, die nie erwähnt werden wie ein Rainer oder Nitsch. Für mich auch ein Mysterium, weshalb manche Künstler so hinaufgejubelt werden.

AIGNER: Ich denke, dass da ein Bündel von Faktoren eine Rolle spielt. Der französische Soziologe Pierre Bourdieux hat da viele kluge Erkenntnisse vermittelt. Rembrandt hat beispielsweise den Markt manipuliert, indem er eigene Werke anonym zurückgekauft hat, um den Marktwert zu halten. In dem Moment, wo es um viel Geld geht und der Künstler diese Hürden und Mechanismen absolviert hat, ist die Qualität nur noch ein Part, der eine Rolle spielt. Denken wir doch an Picasso. Wenn man sich das Werk von Picasso nach 1945 anschaut, kann man wahrscheinlich mehr als 50 Prozent in Bezug auf die Qualitätsdiskussion zur Seite stellen. Begabung ist wirklich nur ein Aspekt.

HAUER: Mein idealistischer Vater hat immer gesagt: Begabung ist ein Viertel und drei Viertel sind Charakter. Ich war lange der Meinung, ein guter Künstler ist auch ein guter Mensch, aber das stimmt leider nicht. Bei denjenigen, die ich kenne, spielt das allerdings schon eine Rolle. Zum Beispiel Meina Schellander, die sich nicht nur auf rührende Weise um Rita Furrer gekümmert hat, sondern auch ihre 90-jährige Mutter pflegt und darüber hinaus eine ungemein produktive Künstlerin ist.

AIGNER: Um auf die Frage zurückzukommen, wie ein Künstler erfolgreich wird: Auch wenn die Qualität stimmt, muss trotzdem im richtigen Moment eine galeristische und theoretische Vermittlung stattfinden und in der Folge im richtigen Moment eine Museumsausstellung.

HAUER: Wichtig sind natürlich auch leidenschaftliche Sammler. Du weißt, meine Beziehung zu Leopold ist nicht ganz ungetrübt, aber ich muss immer wieder sagen, dass Schiele ohne ihn nicht so schnell diese Bedeutung und diesen Marktwert bekommen hätte. Er sagt ja selber: „Ich treibe die Preise hinauf." Natürlich gibt es auch Ausnahmen. Der Hundertwasser war für sich selber ein PR-Genie.

AIGNER: Das war eine perfekte Marketingmaschinerie.

HAUER: Manche Künstler – zum Beispiel Hundertwasser oder Nitsch – sind eben auch gute Selbstdarsteller und konnten mit so genannten Skandalen einen hohen Grad an Öffentlichkeit erzielen.

AIGNER: Hundertwasser ja, aber Hermann Nitsch ist ein Künstler, der keine Skandale machen will, der darunter sogar sehr leidet.

HAUER: Der Arme!

AIGNER: Da tust du ihm Unrecht.

HAUER: Ich kenne ihn länger als du.

AIGNER: Es ist seine Arbeit, aber nicht um des Skandals willen.

HAUER: Aber es war ein Skandal.

AIGNER: Nehmen wir Elke Krystofek als Beispiel. Im Grunde ist sie ein scheuer Mensch und hatte das Glück, dass sie im richtigen Moment einen Galeristen gefunden hat, der sie unglaublich promotet hat.

Wer war das?

AIGNER: Georg Kargl. Wenn diese Vermittlung nicht gewesen wäre, hätte sie heute nicht dieses Standing. Wie gesagt: Es sind eine Reihe von Faktoren, die zusammenspielen müssen. Andererseits ist es bei weitem nicht so, dass diejenigen, die so nachdrücklich in der Öffentlichkeit stehen, auch die besten Künstler sind.

HAUER: Manchmal trifft es sich.

AIGNER: Dann hält es auch.

HAUER: Es kursierte eine Zeit lang auch die Meinung, ein Künstler muss arm sein, damit er etwas schafft. Das stimmt sicher auch nicht.

AIGNER: Kunst und Künstler symbolisieren auch dasjenige, was in einer Gesellschaft defizitär ist oder als exotisch bezeichnet wird. In dem Moment, wo das passiert, ist der Künstler der Exotische, der Fremde. Deshalb sage ich auch immer, dass der Künstler so etwas wie die Möglichkeit einer ethnographischen Erfahrung ist, die wir mit uns selber und mit unserer Gesellschaft machen können. Weil er begonnen hat, den Ort des Fremden, des Anderen einzunehmen und gewissermaßen ein Alter Ego unseres Begehrens ist – Friedrich Nietzsche hat einmal so erhellend geschrieben, dass wir die Kunst brauchen, um die Wahrheit ertragen zu können!

9. Mai 2003, Schloss Lengenfeld

CHRISTA HAUER

Geboren 1925 in Wien. Studium an der Kunstgewerbeschule und an der Akademie der bildenden Künste in Wien. 1953–1960 Aufenthalt in den USA (Chicago). 1960 Rückkehr nach Wien. Gründung (gemeinsam mit Johann Fruhmann) und Leitung (bis 1971) der Galerie im Griechenbeisl, die als Drehscheibe für die Moderne in Wien galt. 1970 Übersiedelung in das revitalisierte Schloss Lengenfeld. 1976 Gründungsmitglied der Intakt (Internationale Aktionsgemeinschaft bildender Künstlerinnen). 1979–1983 Präsidentin des BVÖ (Berufsverband bildender Künstler Österreichs). 1981 Silbernes Ehrenzeichen für Verdienste um die Republik Österreich, Würdigungspreis des Landes Niederösterreich. Zahlreiche Ausstellungen im In- und Ausland; Christa Hauers Werke sind in öffentlichen Sammlungen, Galerien und Privatsammlungen vertreten. Kuratorin der Ausstellung „Mimosen, Rosen, Herbstzeitlosen. Künstlerinnen von 1945 bis zur Gegenwart“ (5. Oktober 2003 bis 15. Februar 2004 in der Kunsthalle Krems).

CARL AIGNER

Geboren 1954 in Ried (Oberösterreich). Studium der Geschichte, Germanistik, Kunstgeschichte und Kommunikationswissenschaften in Salzburg und Paris. Seit 1989/90 Lehrtätigkeit an verschiedenen österreichischen Universitäten (Salzburg, Innsbruck, Graz). 1994–1998 Lehrtätigkeit an der Hochschule für Angewandte Kunst (Meisterklasse für Visuelle Mediengestaltung). 1991 Gründung und Herausgabe der internationalen Kunstzeitschrift „EIKON“. Seit 1998 Mitglied des Kultursenates des Landes Niederösterreich; seit 2003 Vizepräsident des Österreichischen Museumsbundes. 1997–2002 künstlerischer Leiter der Kunsthalle Krems. 2000/2001 Projektleitung der Abteilung für Kulturwissenschaften an der Donauuniversität Krems. Seit 2002 Direktor des Niederösterreichischen Landesmuseums.

„Land der Vertrautheit“ als Heimat

Kunst als multikulturelles Spiegelbild: Timna Brauer und Parvis Mamnun

Jenseits aller kulturellen Barrieren aus der Seele zu erzählen, ist eine Kunst, die dem persischen Märchenerzähler Parvis Mamnun den Titel „Langzeitbotschafter des Orients“ einbrachte. Auf musikalischem Sektor gilt Timna Brauer als „Botschafterin für den Frieden“, weil im Rahmen ihrer Konzerte mit dem Elias Meiri Ensemble Orient und Okzident im offenen Geist der Musik verschmelzen.

Unisono mit Ihren beiden Namen fällt oft das Wort „Botschafter“. Sehen Sie sich selbst auch so?

TIMNA BRAUER: Ich muss mich so sehen, weil meine Konzerte multikulturell angelegt sind. Bei unseren Projekten spielt immer der Gedanke mit, dass jedes Musikstück auch anders klingen kann. Deshalb ist es umso ergreifender zu sehen, dass die Leute mitgerissen werden, egal ob wir in Marokko oder Österreich spielen. Da kommt schon das Gefühl einer gewissen Vermittlerrolle auf.

War dieser Effekt a priori geplant?

BRAUER: Nein. Das Ganze hat sich einfach dadurch ergeben, weil ich multikulturell aufgewachsen bin.

PARVIS MAMNUN: Der Meinung bin ich auch. Deshalb ist auch der Leitsatz meiner Arbeit dem Vorwort von Strindbergs „Traumspiel“ entlehnt: „Ich als Autor kann nur einen erzählen, nämlich mich selber.“ Ich wollte nicht „Langzeitbotschafter des Orients“ werden, sondern habe einfach das erzählt, wo sich meine Seele zu Hause fühlt. Es ist das Gleiche, was Timna Brauer sagt: Hinter all diesen Dingen steckt eine tiefe Sehnsucht der Menschen. Und wenn Frau Brauer mit ihrer Stimme diese Sehnsucht weckt, wird derselbe Effekt erzielt, wie wenn man Geschichten von Nezami hört. Da die Seele des Menschen angesprochen wird, ist es egal, ob man in Tirol oder in Teheran daheim ist.

Lässt sich dieses Gefühl auch über den Rahmen der Veranstaltung ins Alltagsleben „hinüberretten“?

BRAUER: Das ist natürlich das Ziel – und möglich ist es auch.

MAMNUN: Generell muss ich aber sagen, dass ich nicht an die unmittelbare Wirkung von Kunst glaube. Das ist auch nicht ihre Aufgabe, selbst wenn Brecht mit seinen politischen Lehrstücken das versucht hat. Viel eher glaube ich, dass diese tiefe Fröhlichkeit, die beispielsweise in Timna Brauers Konzerten entsteht, der Seele gut tut und demzufolge etwas bewirken kann. Natürlich sind wir keine Propheten. Im Endeffekt kann man nicht sehr viel bewegen.

BRAUER: Nur anregen.

MAMNUN: Für mich als Geschichtenerzähler ist das wichtig, was Sheharazade einmal sagte: Eine Geschichte kann nie so weise sein, wenn sie nicht auch gut gebracht und unterhaltend ist. Und umgekehrt ist eine Geschichte, die nur unterhaltend ist und keine gewisse Weisheit mit sich bringt, wertlos.

Geht es auch um ein Bewahren von Traditionen?

MAMNUN: Nein.

Sie erzählen also nur um der Geschichte willen?

MAMNUN: Um der Wirkung und der Geschichte willen.

Sehen Sie das auch so?

BRAUER: Tradition ist für mich ebenfalls kein Thema. Ich bin keine Folkloristin, weil ich zu viele Identitäten besitze. Meine Mutter ist Israelin jemenitischer Herkunft, mein Vater ist Wiener und ich bin teilweise auch in Frankreich aufgewachsen – das sind zu viele Einflüsse, um pure Folklore vertreten zu können. In meinem Wesen bin ich eine ganze Mischung. Und das spiegelt sich auch in meiner Musik.

Gibt es trotz der Vielfalt, die Sie in sich tragen, eine Art Zuhause – oder, wie es Herr Mamnun einmal sehr schön ausgedrückt hat, „ein Land der Vertrautheit"?

BRAUER: Sagen wir so: Der Ursprung von dem Ganzen ist die Sehnsucht nach dem Orient. Aber auch meine jüdischen Wurzeln, wobei ich immer wieder versuche, Lieder und Gebete aus dem musealen Charakter zu befreien, indem ich sie neu definiere und bearbeite.

Die Bearbeitung erfolgt also nicht über den Text, sondern über die Musik?

Timna Brauer: „Der Wunsch nach Ruhe liegt tief im Wesen der Menschen verankert."

BRAUER: So ist es. Ich lade Musiker aus aller Welt ein, die ihr eigenes Erbe einfließen lassen. Mich fasziniert das Mystische, obwohl ich kein religiöser Mensch bin. Deshalb gehen wir immer wieder in Richtung sakraler Musik. Egal ob jüdische, christliche oder muslimische Darbietungen.

Wie ist dieses „Land der Vertrautheit" konkret zu verstehen?

MAMNUN: Der Satz stammt aus Nezamis „Legende der Liebe" und meint das Reich der Seele, wo alle Liebenden zu Hause sind. Dieses Land der Vertrautheit hat keine Grenzen.

Wo fühlen Sie sich persönlich am wohlsten?

BRAUER: Überall. Ganz egal ob ich in Paris, Israel oder hier in Wien bin.

Was macht die Kunst aus, überall willkommen zu sein?

BRAUER: Eine gewisse Selbstsicherheit, die natürlich eng damit zusammenhängt, dass ich mehrsprachig aufgewachsen bin.

Geht es Ihnen ähnlich?

MAMNUN: Ich reise nicht so viel und kann auch nicht so viele Sprachen wie Frau Brauer, aber ich bin hier genauso daheim wie in Persien. Als Künstler fühle ich mich überall zu Hause, weil ich mich immer in das Land der Vertrautheit zurückziehe. Ich suche die Gleichgesinnten und im Laufe eines Erzählabends werden es immer mehr, weil wir uns im Land der Vertrautheit getroffen haben.

Würden Sie zustimmen, wenn ich sage, dass Sie im Grunde beide vom Wort ausgehen? Oder überwiegt bei Ihnen doch eher der musikalische Gedanke?

BRAUER: Ich würde sagen, das läuft parallel. Ich komme ja vom Jazz und arbeitete früher eher als Vokalistin. In den letzten Jahren bin ich mehr auf die Suche nach Texten gegangen und habe auch teilweise selbst etwas geschrieben – es stimmt: Momentan gibt es Parallelen.

Was macht für Sie den Grundton von kultureller Identität aus?

MAMNUN: Als ich Anfang der 60er Jahre nach Wien gekommen bin, war Persien ein armes Land und es regierte der Schah. Hier in Europa genierte man sich, Perser zu sein. In den 70er Jahren war Öl sehr teuer geworden und viele reiche Perser kamen zum Einkaufen nach Wien. Nach der Revolution wollte wieder niemand Perser sein. Das ist eine Form der Identität, unter der ich sehr gelitten habe, weil ich mich mit der politischen Situation identifiziert habe. Erst im Laufe der Zeit habe ich erfahren, dass Persien mit weltweit einem Prozent an Einwohnern acht Prozent Anteil am Kulturerbe der Welt hat!

BRAUER: Und das wussten Sie vorher nicht? Lernt man das nicht in der Schule?

MAMNUN: Das lernt man eben nicht. Erst jetzt – nach Jahren – weiß ich, woher ich komme: aus dem Land von Molavi Rumi, Hafis und Saadi. Und nun lebe ich in dem Land, wo einst Mozart gelebt hat. Dadurch, dass ich meine richtige Identität gefunden habe – eben nicht aktuell, nicht politisch, sondern kulturell orientiert –, kann ich zufrieden sein. Deshalb bin ich glücklich, wenn diese zweite Generation von Iranern, die bereits die Muttersprache nicht mehr sehr gut kann, zu meinen Erzählabenden kommt.

Glauben Sie, dass der Wunsch nach Weltfrieden auch ein weltweiter Wunsch ist?

BRAUER: Bei den meisten schon. Der Wunsch nach Ruhe liegt tief im Wesen des Menschen verankert.

Die Störfaktoren kommen sozusagen von außen?

Timna Brauer: „Ich bin keine Folkloristin, weil ich zu viele Identitäten besitze."

BRAUER: Von oben, also seitens der Politik. Die Erziehung ist auch sehr wichtig. Wenn die Kinder nicht offen erzogen werden, ist es klar, dass Sturheit und Vorurteile entstehen.

Speziell im Märchen spielt der Name eine große Rolle. Wie wichtig ist die Namensgebung für Sie persönlich?

BRAUER: Fast so wichtig wie der Körper! Es ist charakteristisch, dass Menschen, die sich unwohl fühlen und nach etwas suchen, ihren Namen ändern. Das betrifft vor allem Frauen, aber andererseits auch einen Michael Jackson, der sich ständig umoperieren lässt, weil er im Grunde sich selbst sucht. Und ähnlich verhält es sich mit dem Namen. Es gibt den Körper und den Klang; der Klang, das ist der Name.

Wie war das bei Ihren Kindern?

BRAUER: Bei meinem Sohn Jonathan hat mein Mann den Namen ausgesucht und bei meiner Tochter Jasmin ich. Mir war wichtig, dass es ein Name ist, der überall bekannt ist.

Ich habe gelesen, dass Timna übersetzt „Jemen" bedeutet.

BRAUER: Genau. Dass mein Nachname sehr europäisch ist, kommt daher, dass Brauer nicht der echte Name der Familie ist. Mein jüdischer Großvater hieß Simon Segal, ehe er 1917 aus Russland fliehen musste und einen österreichischen Pass erwarb.

Timna ist ein eher seltener Name in Israel und bedeutet „in Richtung Jemen“. Dadurch, dass meine Mutter aus dem Jemen stammt, wollte sie ihre erste Tochter so nennen.

Was bedeutet Parvis?

MAMNUN: Parvis ist ein altpersischer Name und heißt „der Siegreiche“, Mamnun bedeutet „der Dankbare“.

Stimmt es, dass Ihr Großvater Mystiker war?

MAMNUN: Ja, er schrieb einige Bücher über mystische Wege. Es wird von ihm auch von kleinen Wundern erzählt.

War es für Sie eine Selbstverständlichkeit, dass Sie Sängerin werden?

BRAUER: Das habe ich bereits mit vier Jahren entschieden. Einfach weil das Umfeld sehr in diese Richtung ging.

Sind Ihre beiden Schwestern ebenfalls künstlerisch begabt?

BRAUER: Sehr sogar. Eine lebt in Israel und beschäftigt sich mit Malerei und Art-Therapie, und die jüngere – Ruth Brauer – ist Schauspielerin in Wien.

Sie selbst haben auch im Jahr 2000 die Evita gespielt.

BRAUER: Das war das erste Mal, dass ich in eine Rolle geschlüpft bin und Theater gespielt habe. Aber es hat unheimlich Spaß gemacht.

Isabelle Huppert hat einmal den Satz gesagt: „Wenn man Schauspieler ist, muss man eine vollkommen leere Hülse sein, damit man mit Text gefüllt werden kann.“

BRAUER: Bei „Evita“ habe ich einfach versucht, eine Rolle zu erfüllen und die Ideen des Regisseurs zu verwirklichen. Ich denke, ich bin offen genug, um mich auch anpassen zu können.

MAMNUN: Ich bin mit der Aussage von Frau Huppert überhaupt nicht einverstanden. Schauspielkunst ist nicht eine Hülse, die man mit anderen Identitäten füllt, sondern alle Rollen sind Identitäten, die man selber besitzt.

Wenn Sie jetzt einen Bösewicht spielen müssten …

MAMNUN: … dann wecke ich das Böse in mir. Theater ist Auseinandersetzung mit seiner eigenen Identität.

Sie haben einmal den Ausspruch geprägt: „Der wahre Grund der Schöpfung ist die Liebe.“

MAMNUN: Wobei die Liebe im tiefsten Sinn gemeint ist. Die Liebe

Parvis Mamnun: „Theater ist Auseinandersetzung mit seinen eigenen Identitäten."

heilt die Krankheit Ich-Sucht. Deshalb sind nur diejenigen Liebende, die gleichzeitig auch Gebende sind.

Lässt sich das auch musikalisch transportieren?

BRAUER: Natürlich. Wenn man für das Publikum singt, ist das wie ein Liebesakt. Man macht es ja aus Liebe – einerseits aus Liebe zum Publikum, andererseits aus Liebe zur Musik, aber auch für seine Mitspieler. Das ist spirituell und zur gleichen Zeit sehr bodenständig.

20. Dezember 2001 bei Timna Brauer

TIMNA BRAUER

1961 in Wien geboren, aufgewachsen in Frankreich, Israel und Österreich. Studierte am Konservatorium der Stadt Wien (Klavier und Gesang), an der Sorbonne in Paris (Musikwissenschaft) und dissertierte über „Die Stimme im Jazz". Absolvierte Meisterkurse für indischen Gesang bei Prof. Javheri in München. Gründete 1985 gemeinsam mit ihrem Mann das „Elias Meiri Ensemble". Seither diverse CD-Einspielungen mit Schwerpunkt Jazz, Ethno und Chanson. 1995 Leitung der Jazzgesang-Abteilung an der Universität für Musik in Wien. Spielte 2001 die Evita auf der Sommerseebühne Klagenfurt. 2002 Europatournee mit „Voices for Peace".

PARVIS MAMNUN

Enkel eines persischen Mystikers. Kam Anfang der 60er Jahre aus dem Iran nach Wien, wo er am Max-Reinhardt-Seminar studierte. In der Folge arbeitete Parvis Mamnun am Theater und als Journalist. Nach seiner Rückkehr nach Teheran bemühte sich Mamnun um die Vermittlung österreichischer Kultur und übersetzte u. a. Werke von Handke und Hochwälder. Seit 1981 lebt er in Wien und gründete das Ensemble „Parnass". Im Jahr 2000 wurde Parvis Mamnun mit dem Silbernen Ehrenzeichen der Stadt Wien ausgezeichnet. 2001 feierte Mamnun sein 40-jähriges Bühnenjubiläum als Märchenerzähler.

Der Aktionismus ist scheintot

Günter Brus und Karlheinz Essl über das Verhältnis zwischen Sammler und Künstler

Die Sammlung Essl in Klosterneuburg ist nicht nur Österreichs erstes Privatmuseum, sondern auch ein architektonisch überaus ansprechendes Zentrum moderner Gegenwartskunst. Seit den 60er Jahren hat das Ehepaar Agnes und Karlheinz Essl über 4.000 Exponate angekauft, wobei die wichtigsten Tendenzen der letzten 50 Jahre berücksichtigt wurden. Einer der Schwerpunkte innerhalb der Sammlung ist dem Wiener Aktionismus gewidmet.

Wie gerne gibt ein Künstler seine Werke aus der Hand?

GÜNTER BRUS: Ich bin das Gegenteil eines – zum Beispiel – Edvard Munch, weil ich mich sehr gerne von meinen Werken trenne. Erstens einmal bringt es mir gute Laune und zweitens Geld. Weiters glaube ich, dass der Künstler davon lebt, wenn seine Werke die Welt umkreisen.

Umgekehrt gefragt: Welche Rolle spielt für Sie als Kunstsammler das Verhältnis zum Künstler?

KARLHEINZ ESSL: Für meine Frau und mich, die wir ja gemeinsam sammeln, ist die Sache so, dass wir gerne den Kontakt zu Künstlern herstellen, weil durch das Gespräch das Werk transparenter wird. Als wir vor mehr als 30 Jahren zu sammeln begannen, war der Wiener Aktionismus das herausragende künstlerische Ereignis der Zeit. Günter Brus war damals gerade in Berlin. Daher habe ich sein Werk zu Beginn von der Peripherie her kennen gelernt, mich aber dennoch mit dem Wiener Aktionismus sehr intensiv beschäftigt. So begann ich, die frühen aktionistischen Werke anzukaufen. Ich denke, ich kann mit gutem Recht sagen, dass ich eine durchgängige Brus-Sammlung besitze.

BRUS: So ist es. Die Sammlung Essl erfasst – qualitativ höchst erfreulich – sowohl Frühphasen meines Werkschaffens als auch spätere Arbeiten, wie beispielsweise meine Bilddichtungen. Gleichzeitig wird jener Lebensweg transparent, den ich erfüllen wollte, nämlich eine bildnerisch ausgedrückte Körperanalyse zu schaffen. Generell gesprochen, ist für einen Künstler allerdings die Zukunft wichtiger als die Vergangenheit.

ESSL: Wie geht es dir jetzt im Augenblick?

BRUS: Ausgezeichnet miserabel. Ich beginne mit einer Schaffenskrise mein Alterswerk.

ESSL: Das ist – im Allgemeinen – oft gut so, weil aus einer Krise meistens etwas Neues entsteht.

BRUS: Sagt man so. Indessen muss ich in dieser Form öffentlich bekannt geben, dass ich mich in einer schweren Zeichenkrise befinde – nach der Devise: Ich habe mich ausgezeichnet.
Nicht so geht es mir bei der schriftlichen Arbeit. Ich bin im Moment mit einem Band beschäftigt, in dem meine Kunstaussagen gesammelt erscheinen werden. Mitten in der Arbeit stellte ich fest, dass Aussagen über Kunst ein einziges Mahnmal des Widerspruchs sind. Man kann Kunst nicht begreifen. Ein Künstler kann nur das Unbegreifliche machen. Deshalb ist Kunstkritik zwar sehr nützlich und erforderlich, aber letzten Endes unsinnig. Aber wie gesagt: Beim Schreiben geht es mir sehr gut und ich kann meinen Wissensstatus aufpeppeln und Leute vielleicht ein bisschen überraschen, die manchmal meinen, dass jeder Aktionist ein Trottel sein müsse.

ESSL: Es ist vielleicht gar nicht schlecht, wenn man sich für eine gewisse Zeit in einen bestimmten Bereich zurückzieht.

BRUS: Das Zurückziehen wird langsam zu einem gefährlichen Ausdruck. In einem gewissen Lebensalter klingt das nach einem Rückzug in eine Gruft.

ESSL: Das meine ich absolut nicht, sondern einfach die Tatsache, ein wenig Abstand von dem zu gewinnen, was du immer gemacht hast. Also, andere Dinge zuzulassen, aus denen sich möglicherweise ein neuer Anstoß zu einem neuen Brus ergeben könnte.

BRUS: Weißt du, ich bin kein Künstler, der die Vernunft im Gehirn eingemietet hat, vielmehr wohnt sie irgendwo in einem jetzt unsichtbaren Erker an meinem Schädeldach. Deshalb kann man mir mit vernünftigen Maßnahmen nicht beikommen

ESSL: Das heißt, du musst die Krise selbst ausstehen.

Günter Brus: „Ich habe mich ausgezeichnet."

BRUS: Ich habe leider – wie viele andere Künstler – das Pech, dass sie ihre Ästhetik nur aus Krisen gebaut haben. Dazu zählen viele Dinge, die ich nicht verschweigen will: ein voller Aschenbecher, eine leere Bierkiste und auch eine Historie, die sich auf Selbstmördern und Nervenkranken begründet. Und das ist jetzt sehr unmodern. Heute geht man in einer Weise am Reißbrett vor, als müsse man die bisherige Kunst durch eine unsinnige nochmalige Beobachtung verbessern. Ich bin einer von den alten Künstler-Heerscharen, die aus sich nicht herauskönnen und die eigene Kunst nicht noch einmal heroisch aufschlitzen können.

ESSL: Gut, aber du hast viel zu sagen. Deine Kunst ist nicht oberflächlich, sondern geht immer ins Existenzielle hinein. Und ich glaube, so wie du jetzt sprichst – und dich in deiner ganzen Tragik erlebst –, so ist die Welt ja auch! Wir stecken alle mitten drinnen. Du empfindest es vielleicht stärker als ein anderer Mensch, der einem normalen Brotberuf nachgeht. Und diese Durchhänger habe ich schon x-mal bei anderen Künstlern festgestellt. Aber du hast etwas, glaube ich, ganz Richtiges gesagt: nämlich, dass deine besten Werke und Phasen immer aus Krisen heraus entstanden sind.

BRUS: Das mag so sein.

ESSL: Eine Krise ist nur im Augenblick ein Unglück. Wenn man im Nachhinein die Dinge hinterfragt, dann wird man sehen, dass aus diesen Krisen in den meisten Fällen etwas Weiterführendes herausgekommen ist. Das lässt sich auch in der Menschheitsgeschichte nachvollziehen: Die großen Veränderungen sind immer aus Krisen heraus entstanden.

BRUS: Krisen lohnen sich nur, wenn Sammler oder Händler damit einen Gewinn erzielen. Zudem muss ich sagen, dass Kunst auch ein Brotberuf ist. Man macht aus Mehl und Wasser eine Skulptur.

Eine Frage zum Ankauf der Kunstwerke: Sie treffen die Auswahl doch gemeinsam mit Ihrer Frau?

ESSL: In der Regel, ja.

Gibt es hier unterschiedliche Auffassungen?

ESSL: Natürlich, wobei wir uns im Laufe der Jahre im Schauen, Denken und Lernen angenähert haben. Aber es gibt trotzdem noch genügend divergierende Geschichten, weil Frauen und Männer auch in Sachen Kunst andere Prioritäten setzen.

BRUS: Da möchte ich meine Zweifel anmelden. Ich glaube, dass die Sicht auf Kunstwerke von Mann zu Frau nicht so verschieden ist. Ich denke, dass ich vor einem monströsen Michelangelo genauso angeekelt bin wie eine Frau vor diesem Schwarzenegger der Kampfadern. Und ich glaube auch, dass eine Frau dieselben – förmlich anbetenden – Empfindungen vor einer ägyptischen Plastik hat wie ich.

ESSL: Das kann schon sein, aber wenn es wirklich um die

Karlheinz Essl: „Kunst muss immer anecken."

Auswahl einzelner Bilder geht, gibt es schon Unterschiede.

Knapp nach der Eröffnung der Sammlung Essl wurde neben dem durchwegs sehr positiven Medienecho auch eine – für mich – seltsame Kritik laut, wonach der Großteil der ausgestellten Werke „zu schön" sei.

BRUS: Ich kann das ziemlich eindeutig beantworten. Wissen Sie, die Fotos, die hier hängen – beispielsweise von meinen Aktionen –, werden jetzt als schön begriffen. In der Zeit, wo sie entstanden sind, waren sie von der Umwelt als absolut hässlich erklärt worden. Es ist nun einmal so in der Kunst, dass die Schönheit erst reift. Sie ist vom Künstler nicht proklamiert, sondern muss erst erkannt werden. Schönheit ist die Wiedergeburt des Hässlichen.

ESSL: Das ist absolut richtig. Aber zurück zur vorhin angesprochenen Kritik: Sie brauchen beispielsweise nur an die Krystofek-Ausstellung zu denken – da gab es genügend Kontroversen!

BRUS: Hier muss ich Essl verteidigen. Essl geht es nicht um Provokation. Dieses Attraktionsbedürfnis fehlt ihm. Er will Bleibendes zeigen und nicht Werdendes absterben lassen.

ESSL: Natürlich wollen wir auch Dinge zeigen, die heute entstehen. Auch dann, wenn sie anecken. Kunst muss immer anecken. Das wollen wir auch absolut zulassen, aber nicht beliebig – um der Sensation willen –, so wie Brus richtig gesagt hat.
BRUS: Ein Museum muss kein Aneck-Salon sein. Anecken müssen Galeristen oder Kuratoren. Außerdem denke ich, dass sehr wohl einige Ereignisse hier stattfinden, die durchaus widersprüchlich sind. Museen sind, auch wenn sie unter privater Leitung stehen, Hallen der Aufklärung. Aber um es nochmals rückführend zu sagen: Museen können den Aktionismus nicht wieder aufleben lassen. Der lebt in den Fotografien und ist zugleich scheintot. Auf diesem Gebiet gibt es nichts mehr zu sagen. Das hat die Regie an den Theatern übernommen. Einer der meistbestohlenen Künstler auf den Bühnen ist Hermann Nitsch. Sein Blutgerinnsel wurde auf allen möglichen Gebieten ausgeschlachtet. Letztendlich auch meine Selbstzerreiß-Proben und embryonalen Vorstellungen.
ESSL: Aber ihr seid doch auch Inspiration und Vorbild für eine jüngere Künstlergeneration gewesen. Wenn ich an die Amerikaner denke, beispielsweise an Paul McCarthy.
BRUS: Durchaus.
ESSL: Die dann, anknüpfend an eure Aktionen, versucht haben, etwas Neues zu machen.
BRUS: Neues im Sinn der Coca-Cola-Welt. Weil du vorhin das Existenzielle angesprochen hast: Europa ist so etwas wie ein Raum in einer Sterbekammer und Amerika das Plakat, das dies illustriert. Aber wie gesagt: Es nützt letzten Endes nichts, eine Wiederholung der aktionistischen Ereignisse im Rahmen von Performances zu veranstalten. Das ist eine Totgeburt.

3. Februar 2003, Sammlung Essl

GÜNTER BRUS

Geboren 1938 in Ardning, Steiermark. Von 1953 bis 1957 in der Gewerbeschule in Graz, von 1957 bis 1960 an der Akademie für angewandte Kunst Wien (vorzeitiger Austritt). 1964 begründet er mit Mühl, Nitsch und Schwarzkogler den „Wiener Aktionismus". Seither zahlreiche Ausstellungen u. a. auf der Dokumenta in Kassel, in der Tate Gallery in London, im Centre Pompidou und im Louvre in Paris, auf der Biennale in Venedig, in Wien, Salzburg, Amsterdam, Berlin, Palm Beach und an vielen anderen Orten. Seit 1984 zahlreiche Buchveröffentlichungen. 1996 erhielt Günter Brus den Großen Österreichischen Staatspreis.

KARLHEINZ ESSL

Geboren 1939 in Hermagor (Kärnten). Baute das Bauunternehmen Schömer in Klosterneuburg aus und gründete die bauMax AG mit Niederlassungen in Österreich sowie in den Reformländern Mittel- und Osteuropas. Ließ 1985 von Heinz Tesar ein neues Verwaltungsgebäude in Klosterneuburg errichten, in dem bis 1999 auch die große Sammlung österreichischer Malerei seit 1945 (größte Privatsammlung der Gegenwartskunst mit über 4.000 Werken, aufgebaut gemeinsam mit seiner Ehefrau Agnes Essl) untergebracht war. 1999 wurde in Klosterneuburg das neue Museumsgebäude für die Sammlung Essl eröffnet (ebenfalls geplant von Tesar).

Macht und Ohnmacht von Intellektuellen

Zwei kritische Analysten des Weltgeschehens: Milo Dor und Josef Haslinger

„Wie viele Grenzen der Vernunft, des Anstands und der Moral müssen noch überschritten werden, damit die Menschen zu einer humanen Haltung gelangen?", fragt Milo Dor in seinem Essayband „Grenzüberschreitungen".
Ein brisantes Thema, das Dor kurz nach Ausbruch des Irak-Krieges mit seinem Autorenkollegen Josef Haslinger erörterte, der seinerseits den Begriff der „Politik der Gefühle" prägte.

Im Rahmen Ihrer Eröffnungsrede anlässlich der Wiener Anti-Irak-Kriegsdemonstration wurde eine Aussage von Ihnen in den Medien zitiert, wonach Sie davon ausgehen, dass die arabischen Staaten wie Dominosteine fallen werden. Wie ist das zu verstehen?

JOSEF HASLINGER: Im Prinzip ist dieser Satz so nicht vorgekommen. Die Ansprache war länger und der Hintergrund ist folgender: Ich gehe davon aus, dass die Vereinigten Staaten nicht einfach den Irak entwaffnen und Saddam Hussein stürzen wollen, sondern dass sie in Nahost größere Ziele haben. Ich bin der Überzeugung, dass dieses Vorhaben schon 1990 begonnen wurde und 1991 – im ersten Golf-Krieg – konkret wurde. Zu dieser Zeit lebte ich in den USA und die damalige Administration in Washington – also Bush Vater – begann von einer neuen Weltordnung zu sprechen. Für mich hat das sehr zusammengepasst, dass die Amerikaner nach Ende des Kalten Krieges im Gegensatz zu den Europäern keinen stabilisierenden Kurs einschlugen, sondern gesagt haben: Jetzt können wir endlich alles verwirklichen, was wir nicht verwirklichen konnten, weil die Russen so stark waren.

Wieso gerade der Nahe Osten?

HASLINGER: Weil der Nahe Osten die zweite Nachkriegs-Niederlage der Amerikaner ist. Die erste war Vietnam. Die erste konnte nicht verhindert werden, weil Vietnam damals durch die existierende kommunistische Allianz einen nahezu unendlichen

Waffennachschub hatte. Und der Nahe Osten ist für die Amerikaner eine 30-jährige Niederlage, weil es 30 Jahre hindurch nicht gelungen ist, den Nahost-Konflikt zu lösen. Im Gegenteil, die Situation in Israel und Palästina eskaliert mehr denn je. Deshalb haben die Amerikaner beschlossen, diese Niederlage nicht länger hinzunehmen und die viel zitierte *Pax Americana* im Nahen Osten zu schaffen. Aber der Irak ist für meine Vorstellung amerikanischer Gegenwartspolitik tatsächlich nur der Anfang. Alle anderen Nachbarstaaten werden entweder kämpfen oder sich in die neue Ordnung einreihen. Das habe ich gemeint. Ob dies gelingt, ist eine andere Frage.

MILO DOR: Ich befürchte, dass dieser Krieg eine Reaktion auslösen wird, die von den Amerikanern gar nicht erwartet wurde. Denn auch in Ländern, die eher westlich orientiert sind – wie beispielsweise Ägypten oder Jordanien – werden die radikalen Islamisten immer zahlreicher. Das ist die große Gefahr. Wie einst schon Clausewitz gesagt hat: Man sollte keinen Krieg anfangen, wenn das Ende nicht absehbar ist. Aber diese Leute haben weder Clausewitz gelesen noch die Aufklärer. Diese Art des Denkens ist das tiefe 19. Jahrhundert, aber wir leben im 21. Jahrhundert. Es ist sehr traurig zuzusehen, wie diese Hoffnung auf friedliche Zeiten, die nach dem Krieg und nach dem Zerfall der Sowjetunion aufkeimte, langsam schwindet und sich stattdessen Angst ausbreitet. Selbst wenn die Amerikaner überlegen sind, werden sie den Nahen Osten nicht befrieden. Es werden immer neue Unruheherde entstehen.

HASLINGER: Weil es ein Krieg ist, zur Herstellung völlig neuer politischer und wirtschaftlicher Bedingungen im Nahen Osten.

DOR: Unglückseligerweise wird auch diese altmodische Politik betrieben: Der Feind meines Feindes ist mein Freund. Ganz egal, wie reaktionär dieser Verbündete ist. Ich fürchte, dass diese Politik zuletzt leer laufen und ins Gegenteil umkippen wird.

HASLINGER: Auch wenn wir dagegen sind, dass dieser Krieg geführt wird, denke ich, dass sich die Europäer nicht im Abseits halten dürfen, weil das Ganze sonst zu einer noch größeren Eskalation führen wird.

DOR: Natürlich.

Milo Dor: „Der ganze Nationalismus ist eine Krankheit."

HASLINGER: Die Europäer haben – mit Ausnahme von England – zu lange eine Schattenexistenz geführt, was die Weltpolitik betrifft. Aber das geht nicht mehr, weil die Amerikaner den 11. September als Anlass genommen haben, um dieses Programm von Bush Vater erneut aufzugreifen.

DOR: Ich mache mir auch Sorgen um Amerika. Wie auch immer dieser Krieg ausgehen mag, ich glaube, dass die Amerikaner etwas ramponiert davonkommen werden.

HASLINGER: So komisch es klingt: Amerika könnte durch diese Aktion zum unfreiwilligen Helfer Europas werden. Es hat in den letzten Jahrzehnten nichts gegeben, das die Staaten, die jetzt nicht mit Amerika mitziehen, auch aus emotionaler Sicht so geeint hätte wie diese Ablehnung des Krieges.

DOR: In diesem Zusammenhang ist auch Ihr Ausdruck der „Politik der Gefühle" überaus passend. Der Konflikt ist auf beiden Seiten so furchtbar emotionalisiert! Und ich habe Angst vor Emotionen, weil ich sie in verschiedenen politischen Systemen miterlebt habe. Ich fürchte, dass diese Politik der Gefühle dazu führt, dass plötzlich auch Europa als Feind angesehen wird. Aber warum sind wir Feinde? Es ist ein Unsinn! Seitdem ich lebe, gab es lauter politische Kalamitäten. Ich habe den Faschismus miterlebt, den Stalinismus, den Kalten Krieg, den Vietnamkrieg und den Krieg in Jugoslawien, der ebenfalls total emotionalisiert war.

HASLINGER: Wie beurteilen Sie rückblickend das Eingreifen im Kosovo bzw. das Bombardement von Belgrad?

DOR: Das war übrigens auch eine völkerrechtswidrige Handlung und wurde von der UNO nicht genehmigt.

HASLINGER: Aber hatte es letztlich nicht positive Auswirkungen?

DOR: In dem Sinne, wie man sagt: Ende gut, alles gut. Aber im Kosovo ist jetzt die Präsenz der fremden Mächte notwendig. Sonst gäbe es dort ein Blutbad.

HASLINGER: Der Konflikt würde sofort wieder ausbrechen?

DOR: Sofort. Jetzt wahrscheinlich mit umgekehrten Vorzeichen, weil die Albaner Rache üben würden. Man kann es nicht absehen. Genauso wie jetzt im Irak. Auch hier wäre wahrscheinlich eine sehr lange Besatzungszeit erforderlich.

HASLINGER: Ich habe mir vor zwei Wochen im Rahmen einer Lesereise den Frieden in Bosnien angeschaut. Sarajevo ist eine Stadt, die sich entwickelt. Allerdings entwickelt sie sich als bosnisch und ist nicht mehr so multikulturell, wie sie einmal war. Das Erste, was aufgebaut wurde, waren die Moscheen, weil Saudi Arabien dahinter steht. Insgesamt wurden gleich 15 neue Moscheen errichtet.

DOR: Vor dem Krieg ist kein Mensch in die Moscheen gegangen, weil kaum jemand gläubig war. Es ist eine Antwort auf den orthodoxen Druck.

HASLINGER: Dennoch: In Sarajevo hat man das Gefühl, diese Stadt hat eine Zukunft. Aber außerhalb von Sarajevo ist es vorbei. Mostar ist eine Katastrophe. Da sind nicht einmal die Kriegsruinen weggeräumt. Von allen Studenten und Studentinnen, mit denen ich gesprochen habe, wollte eine einzige im Land bleiben. Alle anderen wollen auswandern. Kein Mensch zieht in das alte Viertel zurück, wenn dort nun die andere Volksgruppe lebt. Der gewaltsame Separatismus, der ursprünglich Anlass des Krieges war, ist somit erst nach dem Krieg auf freiwilliger Basis durchgeführt worden. Für mich war das wirklich eine Lehre. Kaum ist der Fokus von Bosnien weg, kümmert sich kein Mensch mehr um dieses Gebiet. Die Folge ist eine gigantisch aufgeblähte Bü-

Milo Dor: „Demokratisierung ist ein ungeheuer langer Prozess."

rokratie, in der das ganze Geld versickert. Dort brennt sozusagen eine neue Kaste mit dem Staat durch.

DOR: Das ist traurig. Die einzige Rettung auf dem Balkan wäre, wenn sie in einem größeren, demokratischen Rahmen zusammenleben würden.

Stichwort EU-Erweiterung?

DOR: Ja, aber es muss den Serben und Kroaten auch klar sein, dass sie einen Teil ihrer Autonomie zugunsten der größeren Gemeinschaft aufgeben müssen. Demokratisierung ist ein ungeheuer langer Prozess. Womit wir wieder beim Nahen Osten sind: Mit Bomben kann man Demokratie nicht eintrichtern.

HASLINGER: So demokratisiert man nicht, nein.

DOR: Da sieht man die Ohnmacht der Intellektuellen. Wir können nur im Nachhinein analysieren und die Ursachen abschätzen. Trotzdem müssen wir schreiben.

HASLINGER: Ich glaube nicht, dass wir total ohnmächtig sind.

DOR: Sagen wir so: Unsere Wirkung ist wie ein unterirdischer Strom, der irgendwann wieder zum Vorschein kommt und eine andere Atmosphäre schafft. In Europa ist eine andere Atmosphäre entstanden. Das sieht man auch bei diesen Protesten gegen den Krieg. Die meisten Europäer haben inzwischen gelernt, sich selbst ein Urteil zu bilden. Das ist schon sehr viel wert, hat aber auch 50, 60 Jahre gedauert. Viele von uns haben dazu beigetragen, dass dieser Prozess des Nachdenkens in Gang gesetzt wurde. Also: ein Einfluss über weite Strecken.

HASLINGER: Ich gehe nicht davon aus, dass die Intellektuellen per se gut sind.

DOR: Nein.

HASLINGER: Aber Intellektuelle haben in der Gesellschaft eine Funktion, und die nehmen sie in jedem Fall wahr. Ob die Politik sich jetzt an bestimmte intellektuelle Vordenker anlehnt oder nicht, ist eine andere Frage. Aber das, was zurzeit in den USA geschieht und meiner Ansicht nach auch den Hintergrund für diesen Krieg darstellt, ist ein konservatives, intellektuelles Vordenkertum. Konservativ ist sogar ein fraglicher Ausdruck, weil es sich ja um keine Kräfte handelt, die den Status quo bewahren wollen, sondern um expandierende Kräfte. Kräfte, die eine Art von amerikanischem Chauvinismus propagieren und 100 Prozent davon überzeugt sind, dass der Welt nichts Besseres passieren kann, als wenn sie amerikanisch wird. Und das sind Intellektuelle! Dieses breite Spektrum von intellektueller Vorarbeit ist nicht zu unterschätzen. Dass das Volk in den USA hier nicht richtig mitziehen will, könnte am ehesten dieser Politik zum Verhängnis werden. Ich glaube nicht, dass die Amerikaner von den Europäern zu stoppen sind – aber von den eigenen Leuten wären sie zu stoppen.

DOR: Es gibt in den USA auch eine Menge Intellektuelle, die sehr kritisch sind.

HASLINGER: Genau. Die USA sind gespalten. Dass es nach Kriegsbeginn eine Demonstration von 150.000 Kriegsgegnern gab, war zuletzt, als der Vietnamkrieg in die Sackgasse gelaufen ist.

DOR: Das ist die Wirkung der kritischen Intellektuellen.

HASLINGER: Aber auch der andere Einfluss ist die Wirkung der Intellektuellen. Auch Goebbels war ein promovierter Germanist. Es ist ja nicht so, dass die Intellektuellen die Guten sind.

DOR: Das habe ich auch nicht gemeint.

HASLINGER: Was ich damit sagen will, ist, dass ich nicht glaube, dass die Intellektuellen keinen Einfluss besitzen. In Europa ist wiederum eine Grundnervosität aufgetreten: Die UNO und das Völkerrecht sind mehr oder weniger außer Kraft gesetzt.

Josef Haslinger: „Die Europäer haben zu lange ein Schattendasein geführt, was die Weltpolitik betrifft."

DOR: Unsere einzige Chance ist es, eine gemeinsame Außenpolitik zu erarbeiten.

HASLINGER: Insofern glaube ich, dass dieser Konflikt ein unfreiwilliger Beitrag für Europa sein könnte. Denn es war meiner Ansicht nach noch nie ein Anliegen der Amerikaner, Europa hochkommen zu lassen. Der europäische Wachstumsprozess könnte allerdings dazu führen, dass Europa einen zweiten Pol zu Amerika darstellt. Für die USA wäre das eine wahre Herausforderung, speziell deshalb, weil sie kein Interesse haben, dass Europa stark wird, was allerdings jetzt – über die Bande gespielt – geschehen könnte.

DOR: Die Grundlage ist noch zu schwach. Wenn wir von Europa sprechen, ist lediglich von der Ökonomie, vom Verkehr etc. die Rede. In Wahrheit ist die Kultur das Einzige, was uns zusammenhält.

HASLINGER: Und trennt.

DOR: Meiner Ansicht nach hält uns das zusammen.

HASLINGER: Ja, weil Sie von Ihrer Herkunft und von Ihrem Werdegang ein Mitteleuropäer sind. Das ist etwas, das in Österreich den Leuten ausgetrieben wurde. Sie haben zum Teil zwar noch die slawischen Namen, wollten aber jahrzehntelang mit ihrer

Herkunft – also mit den Balkan-Ländern – nichts zu tun haben. Ich denke, die Kultur ist auch das Gebiet, über das hauptsächlich die Trennung gespielt wird.

DOR: Es ist letztlich auch eine Frage des Kulturbegriffs.

HASLINGER: Für mich ist Kultur der Begriff für Verhaltensweisen von Menschen in einer Gesellschaft. Mit kulturellem Verhalten werden Kriege angezettelt, mit kulturellem Verhalten wird versucht, den Frieden wieder herzustellen. Diese Vorstellung, dass man die Kultur als etwas Besonderes und Hehres über die Heere ausspielen kann, teile ich nicht. Es ist pervers, aber es gibt auch eine Kriegskultur.

DOR: Es gibt auch ein Kriegsethos, aber daran hält man sich offenbar nicht.

HASLINGER: Oder so schöne Perversionen des abendländischen Geistes wie den Feldprediger, den Militärpfarrer.

DOR: Auch die Segnung der Kanonen. Aber schön langsam sollten wir uns von solchen Vorstellungen emanzipieren. Genauso wie sich der Einzelne in seiner Entwicklung nach und nach von dem ganzen Ballast befreien muss, um zu seinem eigenen Ich vorzudringen, genauso müssen sich die Gemeinschaften und Völker befreien. Durch Diskussion, durch Erkenntnis, durch die Nennung der Dinge beim Namen. Auch hierzulande wurde jahrzehntelang versucht, die Vergangenheit zu verschweigen. Erst in dem Augenblick, in dem man angefangen hat, offen darüber zu reden, ist eine langsame Selbstreinigung eingetreten. Im Grunde ist alles, was wir über die Vergangenheit wissen, falsch. Weil die Geschichte dauernd umgeschrieben wird und wir nie wissen können, wie es in einer bestimmten Situation wirklich ausgesehen hat. Meiner Ansicht nach können wir nur Zeuge unserer Zeit sein. Das ist meine Auffassung von Literatur.

HASLINGER: Eine eigene Stimme entwickeln – das können wir machen. Oder, wie Sie es nennen, die eigene Zeugenschaft ablegen. Aber wir können uns nicht einbilden, im Namen von anderen zu sprechen.

DOR: Die Politiker sind von sich überzeugt – wir nicht. Wir haben Zweifel.

HASLINGER: In all diesen internationalen Prozessen gibt es etwas, das zu lernen wahnsinnig schwer fällt. Nämlich, dass es keine Basis gibt, die per se richtig ist. Ein Beispiel: Seit Jahrzehnten bemüht man sich, eine Europäische Gemeinschaft aufzubauen. Durch den Zerfall des kommunistischen Staatenbundes hat man begriffen, dass man dieses Europa erweitern muss. Aber mit diesem Erweiterungsprozess begannen die Dinge falsch zu laufen. Man kann nicht sagen: Wir haben eine Basis und alle neuen Mitgliedsländer haben sich in diese Basis einzugliedern. Mit jedem neuen Mitgliedsland muss sich die Basis verschieben und Europa muss ein neues Europa werden.
DOR: Das ist ein heikles Problem. Es kommt darauf an, wie feinfühlig unsere Politiker bei dieser Erschließung sind.
HASLINGER: Die Europäisierung des Balkans gelingt nur, wenn es bis zu einem gewissen Grad auch eine Balkanisierung Europas ist.
DOR: Genau. Aber das findet ohnehin statt. Der ganze Nationalismus ist eine Krankheit. Man hat auch versucht, in mir eine serbische Solidarität hervorzurufen. Mir wurde gesagt: In Ihren Adern fließt doch serbisches Blut! Ich antwortete: Das weiß ich nicht, ich weiß nur, ich habe Blutgruppe A negativ.
HASLINGER: Ich zufälligerweise auch.

27. März 2003, Café Sacher

MILO DOR

Geboren 1923 in Budapest. Ab 1933 in Belgrad aufgewachsen, wo er 1942 – nach der Besetzung der Stadt – als kommunistischer Widerstandskämpfer verhaftet, gefoltert und 1943 als Zwangsarbeiter nach Wien abgeschoben wurde. Nach Kriegsende blieb Dor in Wien und studierte bis 1949 Theaterwissenschaften und Romanistik. Danach begann Dor als freiberuflicher Schriftsteller, Übersetzer und Journalist zu arbeiten und wurde Mitarbeiter der Literaturzeitschrift „Der Plan“ und später Mitglied der „Gruppe 47“. 1952 erschien der Roman „Tote auf Urlaub“, der zusammen mit „Nichts als Erinnerung“ und „Die weiße Stadt“ die „Raikow Saga“-Trilogie bildet. Gemeinsam mit Reinhard Federmann verfasste Dor eine Reihe von Kriminalromanen und Hörspielen. Intensiv auch Dors Engagement auf dem Filmsektor, wo er zahlreiche Drehbücher u. a. für die TV-Filme „Der Mann mit meinem Namen“, „Triest. Stadt zwischen drei Welten“ und „Die Wojwodina. Das verlorene Paradies“ verfasste. Milo Dor ist Präsident der IG Autorinnen und Autoren und wurde mit zahlreichen Auszeichnungen bedacht, u. a. mit dem Ehrenpreis des österreichischen Buchhandels, dem Österreichischen Staatspreis für Verdienste um die österreichische Kultur im Ausland sowie mit dem Kreisky-Preis für das politische Buch.

JOSEF HASLINGER

Geboren 1955 in Zwettl (NÖ). Studium der Philosophie, Theaterwissenschaft und Germanistik in Wien, 1980 Promotion. 1976–1992 Mitherausgeber der Literaturzeitschrift „Wespennest“. Lehraufträge an den Universitäten Kassel, Innsbruck und Wien. 1992 Mitbegründer von „SOS Mitmensch“. Seit 1996 Professor für literarische Ästhetik am deutschen Literaturinstitut Leipzig. Zu seinen wichtigsten Publikationen zählen u. a. „Politik der Gefühle. Ein Essay über Österreich“ (1987), „Wozu brauchen wir Atlantis“ (1990), „Das Elend Amerikas. Elf Versuche über ein gelobtes Land“ (1992), „Opernball“ (1995), „Das Vaterspiel“ (2000). Josef Haslinger erhielt 1980 den Förderungspreis für Literatur des Theodor-Körner-Stiftungsfonds, 1984 den Förderungspreis der Stadt Wien für Literatur, 1994 den Förderungspreis des Landes Niederösterreich für Literatur und im Jahr 2000 den Ehrenpreis des österreichischen Buchhandels für Toleranz in Denken und Handeln. Josef Haslinger lebt in Wien, Leipzig und New York.

Künstler im Lichte ihres Zweifels

AUSEINANDERSETZUNG MIT DEM EIGENEN ICH: ANDREA ECKERT UND GERHARD ROTH

Es sind die Gemütsbewegungen einer Diva, die Andrea Eckert nunmehr weit über hundert Mal auf der Bühne des Volkstheaters durchlebt hat, wenn sie in Terrence McNallys Erfolgsstück „Meisterklasse" Maria Callas verkörpert. Spiegelungen einer zerrissenen Seele, die von Eckert erspürt werden und dementsprechend authentisch „zu Wort kommen". Dass Selbstreflexion nicht nur für Schauspieler, sondern auch für Autoren als kreative Antriebskraft fungiert, unterstrich Gerhard Roth in seinem Roman „Der Strom", wo die Grenzen der Wahrnehmung über den Bereich der inneren Stimme ausgelotet werden.

ANDREA ECKERT: Wolltest du immer Schriftsteller werden?
GERHARD ROTH: Als Kind wollte ich Afrika-Forscher werden, weil ich in der Wochenschau den Afrika-Forscher Ernst Alexander Zwilling gesehen habe. Man hat eben eine Walt-Disney- und Dr.-Doolittle-Vorstellung vom Dschungel. Als ich dann draufgekommen bin, dass es nicht stimmt, dass Dr. Doolittle mit Tieren sprechen kann, wollte ich lieber Schriftsteller werden. Das war ungefährlicher. Und du, wolltest du immer Schauspielerin werden?
ECKERT: Mich hat immer der Zirkus fasziniert. Ich wollte so gerne Clown sein.
ROTH: Warum Clown?
ECKERT: Weil ich es herrlich fand, Menschen zum Lachen zu bringen. Erst später kam dieser unbedingte Wunsch auf, Schauspielerin zu werden. Obwohl ich bei allen Aufnahmeprüfungen, bei denen ich angetreten bin, durchgefallen bin – und zwar sofort.
ROTH: Wie hast du das überwunden?
ECKERT: Weil ich um jeden Preis wollte, dass man mich wahrnimmt. In meiner Adoleszenz-Phase war ich so verstummt, dass ich nicht wusste, wie ich – außer in einer Rolle – nach außen treten kann. Deshalb habe ich überall vorgesprochen, bis ich dann in Bregenz genommen wurde.

ROTH: Weil du das vorhin mit dem Clown angesprochen hast: Als Bub habe ich im Zirkus Apollo den Charlie Rivel gesehen und fand ihn so großartig, dass ich mir nach der Vorstellung ein Autogramm geben ließ. Es hat mich tief berührt, ihn ohne Clownschminke in seinem Wohnwagen sitzen zu sehen. Er war damals schon ein älterer Herr und wirkte eher wie ein Philosoph. Ich dachte mir, dass es großartig sein müsse, ein Clown zu sein, weil man alle Schwächen in Stärken umwandeln kann. Man kann stolpern und stottern, was mir zum damaligen Zeitpunkt als idealer Ausweg erschien.

ECKERT: Das stimmt. Bei Charlie Rivel gab es eine Nummer, bei der er 20 Minuten lang versucht hat, sich auf einen Sessel zu setzen, was ihm bis zuletzt missglückt ist. Das war einfach hinreißend.

ROTH: Über diese Clown-Geschichten fand ich einen wunderbaren Zugang zu Beckett. Stücke wie „Endspiel" oder „Warten auf Godot" waren mir deshalb sofort verständlich, obwohl mir die Lebenserfahrung dazu gefehlt hat, als ich sie als Junger gelesen habe.

ECKERT: Mich würde interessieren, wie du die Themen für deine Bücher findest?

ROTH: Eines meiner Grundmuster ist, dass ich mich sehr stark mit mir selber auseinander setze. Aus dieser Selbstreflexion ist ein starkes Misstrauen – auch anderen Menschen gegenüber – erwachsen. Vielleicht ist das meine einzige Rettung vor mir selber, dass ich sagen kann: Wenn ich solche ungeheuren Gedanken und Vorstellungen habe, hat das unter Umständen auch ein anderer Mensch. Das ist sozusagen die Zündschnur und dann kommt irgendwann ein bestimmtes Thema. Beispielsweise bei meinem letzten Buch „Der Strom" war es meine innere Stimme, die ich in den Vordergrund gestellt habe. Wobei einen die innere Stimme auch bis zum Wahnsinn führen kann, wenn man sie nicht unter Kontrolle hat. Generell glaube ich aber, dass man sehr viel von der inneren Stimme profitieren kann und im Grunde alles im Vorhinein weiß, was einem geschieht.

ECKERT: Das glaube ich auch. Es ist eine Art von Achtsamkeit, die man haben muss, um diese innere Stimme wahrzunehmen. Und die verliert man oft, wenn man Sachen erzwingen will.

Andrea Eckert: „Wenn das Theater voll ist, schlägt einem eine gewaltige Energie auf die Brust.“

ROTH: Es ist genauso, wie du sagst: Wenn man etwas grundsätzlich Falsches macht, ist man auch nicht inspiriert. Eine Depression wäre schon eine Form von Inspiration – nicht einmal das hat man dann mehr, weil einem alles nur „richtig“ erscheint, und das ist das Furchtbarste. Dann kann man nicht schreiben und hat nur etwas zum Leben. Aber wenn es nicht richtig ist, erfährt man eigentlich viel mehr.

ECKERT: Wie konzipierst du nun ein Buch, wenn das Thema gefunden ist?

ROTH: Auf Seite 100 weiß ich, was ich noch von einer Figur erzählen muss, und kenne den Rhythmus, wie langsam oder schnell sich das Buch entfaltet. Dieses Tempo muss ich dann bis zum Schluss halten, was mitunter natürlich auch zu Problemen führen kann.

ECKERT: Ich persönlich hadere mit dieser Abhängigkeit der Schauspieler. Schreiben erscheint mir hingegen immer als absolute Autonomie.

ROTH: Ich glaube, man wünscht sich immer das, was man nicht hat. Wenn man schreibt, wünscht man sich Gesellschaft. Aber in dem Moment, wo man sie hat, flüchtet man wieder. Ich glaube, als Schauspieler muss man ein sehr kommunikatives Wesen besitzen und viel überzeugter von sich selbst sein. Für einen Schriftsteller ist die Präsenz des Zweifels die Grundvoraussetzung zur Arbeit. Die Einsicht in eigene Fehler, die nackte Selbstbetrachtung. Der Schauspieler kann das bis zu einem gewissen Grad synthetisch machen und hat letztendlich immer wieder die Rolle, hinter der er sich verstecken kann. Während sich der Schriftsteller in seinem Buch gerade nicht verstecken darf.

ECKERT: Es stimmt, die Rolle ist ein unheimlicher Schutz. Deshalb sind mir Proben am Anfang immer peinlich, solange man seine Rolle noch nicht gefunden hat. Ich bin ein Mensch, der sehr viel Zweifel an sich selbst hat.

ROTH: Vielleicht zu viel.

ECKERT: Vielleicht zu viel, aber diese Sensibilität hat wieder etwas mit der inneren Stimme zu tun. Hast du das Gefühl, immer erfolgreich zu sein?

ROTH: Ich glaube immer, dass ich Misserfolg habe.

ECKERT: Aber es gibt ja Verkaufszahlen.

ROTH: Der Misserfolg liegt darin, dass die Vorstellung immer besser als das ist, was man dann zuwege bringt.

ECKERT: Und die Kritiken?

ROTH: Es mag vielleicht komisch klingen, aber eine Kritik hat im Grunde nicht mehr als einen Tag Lebensdauer.

„Ich möchte so gerne in einen guten Kontakt mit mir kommen."

ECKERT: Das ist dann anders als bei mir. Das geschriebene Wort bleibt schon eingraviert, gerade die schlechten Kritiken.

ROTH: Ich versuche das zu vergessen. Man darf sich durch Hass nicht vergiften lassen.

ECKERT: Anlässlich deines 60. Geburtstages gibt es heuer ja einige Feierlichkeiten.

ROTH: Eine unangenehme Sache.

ECKERT: Dass gefeiert wird?

ROTH: Das Älterwerden. Wer will das schon? Mit 17 denkt man, mit 60 ist man weise, aber dann merkt man, dass man nur energiemäßig schwächer wird.

ECKERT: Ich habe heute ein viel besseres Verhältnis zu mir als mit 17. Erst jetzt beginne ich, eine gewisse Form von Toleranz mir gegenüber zu entwickeln.

ROTH: Hattest du als Kind so etwas wie Todesängste?

ECKERT: Nicht direkt Todesängste, aber als ich ganz klein war, hatte ich das Gefühl, Gespenster zu sehen.

ROTH: Wie sahen die aus?

ECKERT: Ganz konkret habe ich eine Frau gesehen, die immer an meinem Bett stand, wenn das Licht abgedreht wurde. Das hat mich sehr erschreckt – hauptsächlich deshalb, weil sie nie etwas gesagt hat und die Erwachsenen sie nicht gesehen haben.

ROTH: Wie konntest du da einschlafen?
ECKERT: Ganz schlecht. Gott sei Dank ist sie dann irgendwann verschwunden. Aber die Präsenz des Todes war immer da, dieses Gefühl einer letztendlich unglaublich großen Einsamkeit.
ROTH: Und jetzt?
ECKERT: Jetzt habe ich eher Lebenswünsche. Ich möchte so gerne in einen guten Kontakt mit mir kommen. Weil ich so lange meine Gegnerin in meinem Leben war.
ROTH: Warum hast du dich fertig gemacht?
ECKERT: Ich wurde sehr leistungsbezogen erzogen und war dementsprechend streng zu mir.
ROTH: Deine Eltern waren auch streng zu dir?
ECKERT: Nicht wirklich streng, aber es war trotzdem klar, dass nur der eine Chance hat, der sich anstrengt. Kurz gesagt, mein Vater ist Anwalt und das Motto lautete: Wer gewinnt, hat Recht.
ROTH: Mein Vater war Arzt und ich bin immer krank geworden, weil ich gesehen habe, dass man in dem Augenblick, wo man krank ist, in Ruhe gelassen wird. Das hat dann mit 22, 23 Jahren aufgehört.
ECKERT: Wenn ich krank war, hat mir immer meine Mutter vorgelesen. Ich kann mich noch mit Begeisterung an Scharlach und Masern erinnern, als ich Geschichten aus Dr. Doolittle und dem Dschungelbuch hörte.
ROTH: Mir hat meine Großmutter Gedichte vorgelesen, die sie selber geschrieben hat. Sie war es auch, die schon sehr früh gesagt hat, dass ich ein Künstler sei.
ECKERT: Hat sie auch gewusst, was für ein Künstler du wirst?
ROTH: Das war ihr, glaube ich, egal.

Wie schafft man sich als Schriftsteller bzw. als Schauspielerin diesen – auch im übertragenen Sinn verstandenen – „Raum des Wirkens“?

ROTH: Was die unmittelbaren Räumlichkeiten betrifft, habe ich in Wien im selben Stockwerk zwei kleine Wohnungen. In einer davon kann ich mich ausspinnen. In der Südsteiermark verhält es sich ähnlich.

Und wie viel Freiraum benötigen Ihre Figuren?

ROTH: Die versuche ich, wenn möglich, so zu öffnen, dass man sieht, was sie bewegt.

Gerhard Roth: „Für einen Schriftsteller ist die Präsenz des Zweifels die Grundvoraussetzung zur Arbeit."

Wenn Sie die Figuren in Form eines Filmes verwirklicht sehen, passt das dann mit Ihrer Vorstellung zusammen?

ROTH: Nein. Manchmal ist es besser wie bei „Ein Hund kam in die Küche" (Regie: Xaver Schwarzenberger, Anm.), wo Andrea die Hauptrolle gespielt hat – manchmal schlechter.

ECKERT: Ich bin meistens verzweifelt, weil beim Film das Ergebnis fixiert ist, was für jemanden mit so vielen Selbstkritikpunkten wie mich sehr schwer auszuhalten ist.

ROTH: Das hängt aber auch mit den Arbeitsmethoden zusammen, die wir im Film haben. Durch die immer kürzer werdenden Drehzeiten sind das mehr oder weniger halbimprovisierte Theaterstücke.

ECKERT: Was ich noch zum Raum von Schauspielern sagen wollte: Meine Probenarbeit besteht darin, mir so einen Raum zu bauen. Den verbinde ich dann beispielsweise mit Musik oder einer gewissen Befindlichkeit, mit der ich diesen Raum betrete. Deswegen entsteht am Abend beim Theaterspielen auch sehr viel Freiheit, weil es diesen Raum gibt und ich mich innerhalb dieses Raumes bewegen kann.

ROTH: Theater ist eben ein Unikat, was oft eine Zerreißprobe sein muss.
ECKERT: Das stimmt. Wenn dir tausend Leute zuhören und du weißt, wenn du den nächsten Satz nicht sagst, ist es einfach still, dann ist das erschreckend. Gerade bei der Callas – wo ich ja fast zwei Stunden ununterbrochen spreche – gab es eine Zeit, wo ich das Gefühl hatte, dass sich alle Worte in meinem Mund zu einem Silbengemisch verheddern werden. Wenn das Theater voll ist, schlägt einem eine gewaltige Energie auf die Brust. Wenn man dem sehr viel Macht gibt, dann wird es schwierig.
ROTH: Hast du da spezielle Techniken?
ECKERT: Du bist ja in dem Moment gerettet, wo du den Raum der Rolle betreten kannst – falls es die Angst nicht verhindert und man mit seiner Aufmerksamkeit beim Publikum stecken bleibt.
ROTH: Ich werde bei Lesungen zu einem Roboter. Ich lese den Text zu Hause 20 Mal und wenn ich 15 Lesungen hätte, würde ich 15 Mal völlig gleich lesen – ganz egal, was im Publikum vor sich geht. Würde ich improvisieren, wäre ich zu verletzbar und würde jedes Hüsteln und jeden Lacher an der falschen Stelle gegen mich interpretieren.
ECKERT: Ich muss mich in so einer Situation dann ganz konkret im Moment verankern und über irgendeinen Gegenstand zu mir zurückführen. Dann kommt auch die Kraft und ich finde den Einstieg in die Wirklichkeit wieder.
ROTH: Das finde ich großartig, weil man denken würde, dass hier riesige Mechanismen im Spiel sind, es sich aber in Wirklichkeit um mikroskopische Vorgänge handelt.

In einem Interview bezeichneten Sie Schreiben als ein „Verbrechen-Aufdecken, das hinter der Sprache liegt". Was meint dieser Satz konkret?

ROTH: Ich habe, glaube ich, wie viele Menschen Dinge, über die ich nicht sprechen möchte und wo mir auch die Sprache fehlt. Das Wort Verbrechen steht für kleine und große Verbrechen. Es kann ein Wortbruch sein, eine Gewohnheit, tausend Geheimnisse. Gleichzeitig weiß ich, dass Schreiben überhaupt nur dann einen Sinn macht, wenn ich spüre, dass ich dazu fähig bin, dieses Geheimnis zu öffnen und auch eine adäquate Sprache finde.

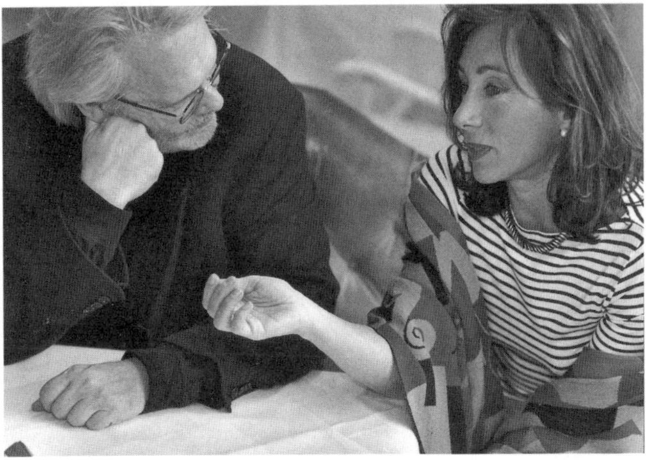

Gerhard Roth: „Die innere Stimme kann einen auch bis zum Wahnsinn führen, wenn man sie nicht unter Kontrolle hat."

Spürt man diese Kämpfe, die im Text liegen, auch als Schauspielerin?

ECKERT: Da mein Ansprechpartner ja meistens der Text und nicht der Autor ist, muss ich versuchen, über die Textanalyse – metaphorisch gesprochen – Haken in die Felswand hineinzuschlagen, über die ich mich dann hinaufquälen kann, um dieser Figur nahe zu kommen. Wie gesagt, der Text ist mein Ansprechpartner, weil ich mich nicht auf Regisseure verlassen will, sondern versuche, das, was hinter dem Text liegt, zu erspüren.

5. März 2002, MAK-Café

ANDREA ECKERT

Geboren in Wien. 1978–1981 Schauspielausbildung bei Dorothea Neff und Eva Zilcher. Erste Engagements u. a. am Linzer Landestheater, Schauspielhaus Wien, Ensembletheater sowie am Burgtheater (1982–1986). Ab 1988 Arbeiten am Volkstheater, u. a. in „Libussa", „Judith" (Karl-Skraup-Preis), „Maria Stuart", „Clara S.", „Meisterklasse" (Karl-Skraup-Preis), „Elektra", „Der gute Mensch von Sezuan", „Groß und klein". Zahlreiche Film- und Fernsehhauptrollen u. a. in „Kinder der Landstraße", „Freispiel", „Ein Hund kam in die Küche" und „Liebe, Lügen, Leidenschaften". Andrea Eckert gastierte mit Lesungen bei den Salzburger Festspielen, beim Carinthischen Sommer und im Rahmen der Wiener Festwochen. Ihr Debüt als Regisseurin gab sie mit der Filmdokumentation „Alles ist ein Wunder" über die Varieté-Artistin Lucia Westerguard. Eckert wurde u. a. mit dem Hebbel-Ring, dem Großen Hersfeld-Preis und der Kainz-Medaille ausgezeichnet.

GERHARD ROTH

Geboren 1942 in Graz. Studierte Medizin und Mathematik und arbeitete als Programmierer und Organisationsleiter im Rechenzentrum Graz. Lebt seit 1976 als freiberuflicher Schriftsteller in Wien und in der Südsteiermark. Begann 1978 mit der Arbeit an dem siebenbändigen Werk „Die Archive des Schweigens", das im Herbst 1991 erstmals publiziert wurde und im Jahr 2002 erneut in einer zweibändigen Sonderauflage erschien. Neben zahlreichen Erzählungen, Drehbüchern und Essays veröffentlichte Roth zuletzt die Romane „Der See" (1995), „Der Plan" (1998), „Der Berg" (2000) und „Der Strom" (2002), die sich als erste Abschnitte des im Entstehen begriffenen, ebenfalls siebenteiligen „Orkus"-Zyklus verstehen. Gerhard Roth wurde u. a. mit dem Preis der SWF-Bestenliste, dem Alfred-Döblin-Preis, dem Marie-Luise-Kaschnitz-Preis und dem Preis des österreichischen Buchhandels ausgezeichnet.

„Literatur spiegelt die Ignoranz“

BRÜCKENSCHLAG ZWISCHEN OKZIDENT UND ORIENT: BARBARA FRISCHMUTH UND HAYDAR SARI

Barbara Frischmuths literarisches Schaffen steht ganz im Zeichen eines Anschreibens gegen Grenzsetzungen aller Art. Ein Erzählkosmos, der verschiedene kulturelle Traditionen in ihrer Eigenständigkeit spiegelt und integriert. Drei Tage nach dem Anschlag auf das World Trade Center in New York diskutierte Frischmuth mit Haydar Sari, weshalb die literarische Wahrnehmung des „Orientalischen“ weit hinter die Standards des neunzehnten Jahrhunderts zurückgefallen ist. Haydar Sari ist seit 1998 Referent für interkulturelle Aktivitäten im Wiener Rathaus.

Woher rührt Ihre Affinität zum so genannten „Fremden“?

BARBARA FRISCHMUTH: Letztendlich aus der Literatur. Es begann, als ich als Kind die „Geschichten aus Tausendundeiner Nacht“ las. Während des Studiums habe ich eine Zeit lang in der Türkei gelebt. Dazwischen war ich mehrmals im Iran und in Ägypten. Dieses Interesse zieht sich durch mein ganzes Leben.

Worin gründet dieses Interesse ganz speziell?

FRISCHMUTH: Mich interessieren die kulturellen Traditionen, die mittlerweile – auf Grund der Zuwanderung – ja auch zu österreichischen werden. Und ich glaube, dass eine wache Literatur neugierig auf diese „anderen“ Traditionen sein sollte. Monochrome Länder gibt es nicht mehr. Das hat sich längst aufgehört. Gerade was die muslimischen oder türkischen MigrantInnen anbelangt, findet viel zu wenig an gegenseitiger Neugierde statt. Auch in der Kunst.

Wie lässt sich diese Neugierde in der Realität wecken?

HAYDAR SARI: Ich denke, die Neugierde ist bereits da. Die Vereine sind sehr aktiv. Deshalb ist ja auch vor drei Jahren dieses Referat für interkulturelle Angelegenheiten gegründet worden. Pro Jahr fördern wir zirka 150 Projekte, was sich auch auf die Qualität der Veranstaltungen positiv auswirkt.

FRISCHMUTH: Wie gemischt ist das Publikum bei diesen Veranstaltungen? Oder kommt immer nur die Klientel der einzelnen Vereine?
SARI: Die Mischung wird immer besser. Früher haben die Vereine Aktivitäten im Rahmen ihrer Möglichkeiten angeboten – jetzt ist es anders. Kultur bringt die Menschen zusammen.
FRISCHMUTH: Ich sehe da viel schwärzer als Haydar Sari. Auf dem literarischen Gebiet tut sich nämlich so gut wie nichts. Es gibt im deutschen Sprachraum kaum Autoren, die auch nur ansatzweise eine Neugier auf die Kultur der Zuwanderer erkennen lassen. Jetzt – nach den Terroranschlägen – kommen zwar wieder die großen Sonntagsreden, aber letztendlich interessiert es die Leute relativ wenig.

Ist das vielleicht auch ein Verlagsproblem?

FRISCHMUTH: Nein, ich glaube, die Autoren selber haben da einen wichtigen Schritt nicht getan. Kaum ein österreichischer oder deutscher Autor setzt sich mit diesem Problem auseinander. Eine Ausnahme macht mitunter Günter Wallraff, der sich auf sozialdokumentarischer Ebene mit diesem Bereich befasst hat. Oder Sten Nadolny. Ansonsten ist wenig Interesse spürbar. Aber Literatur ist immer auch ein Spiegelbild der Gesellschaft. Und wenn schon in der Literatur diese Ignoranz spürbar ist, darf man sich nicht über das mangelnde Interesse in der Bevölkerung wundern. Auch in der Kunst dominiert der Blick nach dem Westen. Obgleich der Balkan etwas aufgeholt hat, weil es da so ungeheuer gute Autoren gibt wie unter anderem den Serben Danilo Kis.
SARI: Ich denke, dass trotzdem die geeignete Lobby fehlt.
FRISCHMUTH: Hinsichtlich der Verlage ist die Lobby da. Beispielsweise werden die Bücher von Orhan Pamuk bei Hanser verlegt. Wie gesagt: Es mangelt am Interesse an der Kultur, die die Zuwanderer mitbringen.
SARI: Trotzdem würde ich nicht so scharf zwischen der Kultur der Zuwanderer und der Kultur von hier trennen. Denn das Kunstschaffen der MigrantInnen, die mitunter seit 40 Jahren in Österreich leben, ist eine Mischung aus beiden Traditionen.
FRISCHMUTH: Ich meine etwas anderes. Der südamerikanischen

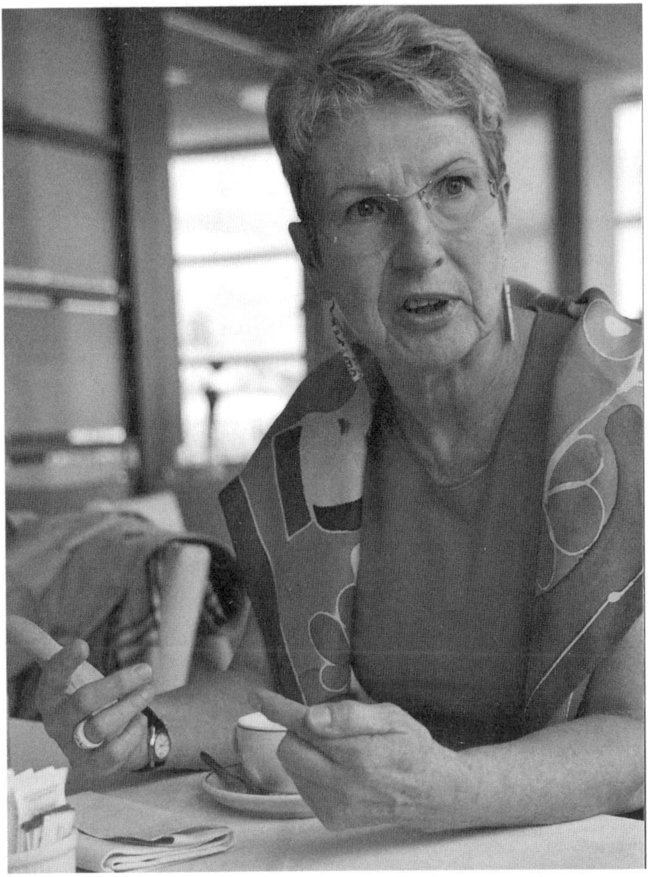

Barbara Frischmuth: „Auch in der Kunst dominiert der Blick nach dem Westen."

Literatur ist in den letzten Jahren ein Boom widerfahren, der der persischen, arabischen oder türkischen bislang versagt geblieben ist. Obwohl unser Interesse größer sein könnte, weil wir ja mit diesen Menschen leben.

Kann es sein, dass man sich als Europäer nicht mit orientalischer Kunst schmücken will?

FRISCHMUTH: Nein, ich glaube eher, dass es schon auch damit zu tun hat, dass Südamerika so weit weg ist. Es verpflichtet einen zu gar nichts, während das Orientalische viel näher wäre. Wenn irgendwo ein Krieg ausbricht, habe ich es mir zum Vorsatz gemacht, Bücher zu lesen, die von Autoren dieser Länder geschrieben wurden. Einfach, um von der Abstraktion wegzukommen, weil wir uns in vielen Figuren wiedererkennen können. Und das ist eine Qualität, die die Literatur hat.

Sollte man in den Schulen vermehrt in dieser Richtung aktiv sein?

FRISCHMUTH: Schwer zu sagen. Was mir in Österreich fehlt, ist die Beteiligung von Österreichern anderer Herkunft am gesellschaftlichen und künstlerischen Prozess. Wenn irgendetwas passiert, gibt es plötzlich am Burgtheater ein Roma-Stück. Haben Sie seither an der Burg etwas von Roma gehört?

Nein.

FRISCHMUTH: Das meine ich.

SARI: Ich möchte begründen, warum das Interesse so schwach ist. Es gibt ein chinesisches Sprichwort: Wenn man eine bessere Ernte haben möchte, dann muss man ein Jahr bzw. mehrere Jahre vorher investieren. Dasselbe gilt auch für Wissenschaft und Kunst. Für mich ist es signifikant, dass die Emigranten in den oberen Schichten der Gesellschaft nicht – oder ganz schwach – vertreten sind. Ich bin zum Beispiel im Rathaus eine der ganz wenigen exotischen Erscheinungen. Und das spielt eine sehr wichtige Rolle. Um noch einmal auf das zurückzukommen, was Sie gesagt haben: Mit den Schulen kann man sehr wohl anfangen.

FRISCHMUTH: Ich frage mich immer, warum man nicht die Autoren selbst einlädt und ihre Geschichte erzählen lässt.

SARI: Es wäre ganz wichtig, dass man die Gesellschaft objektiv informiert. Und dazu gehört auch, dass man den Menschen die Möglichkeit einräumt, sich zu präsentieren.

FRISCHMUTH: Ich meine, dass diese Bereiche generell mehr mediale Aufmerksamkeit erhalten sollten. Wie soll man eine Krise wie jetzt durchstehen, wenn generell so wenig gegenseitige Kontakte da sind, auf denen man aufbauen kann? Es geht um diese gewisse Selbstverständlichkeit, die auf diesem Gebiet völlig fehlt.

SARI: Solange der Bereich der Mitbestimmung nicht geklärt ist, kann man nicht von einem gesellschaftlichen Frieden sprechen.

FRISCHMUTH: Vor allem ziehen sich diese Menschen auch immer

Haydar Sari: „Toleranz ist ein oberflächlicher Begriff."

mehr in ihre Herkunftskultur zurück, wenn sie das Gefühl haben, ohnehin nichts bewirken zu können.

SARI: Gesellschaftlichen Frieden kann es nur geben, wenn Chancengleichheit existiert. Außerdem gehen sehr viele Talente verloren, die nicht für die Gesellschaft verwirklicht werden können. Das muss geändert werden. Ein Beispiel: die Aleviten.

FRISCHMUTH: Die haben es mittlerweile doch ein bisschen geschafft.

SARI: Ich erwähne die Aleviten deshalb, weil Barbara Frischmuth den Aleviten, die fast 30 bis 35 Prozent der türkischen Bevölkerung ausmachen, ein Buch („Die Schrift des Freundes", Anm.) gewidmet hat. Aber ganz wenige Menschen können mit dem Begriff Aleviten etwas anfangen. Jeder stellt sich – wenn das Wort Türke fällt – Männer mit Schnurrbart und Gebetsketten vor.

FRISCHMUTH: Die es ja auch gibt und die am meisten ins Auge fallen.

SARI: Ja, aber die sind nicht „alle". Aber die Durchschnittsmeinung geht in diese Richtung.

FRISCHMUTH: Der nächste Schritt ist die Geschichte mit dem Kopftuch-Fundamentalismus. Ich will jetzt wirklich keine Lobrede auf die Türkei halten, weil das politische System dort auch nicht gerade das beste ist, aber prozentuell betrachtet gibt es in der Türkei mehr Ordinaria als in Österreich. Das ist natürlich sehr schichtspezifisch, aber immerhin.

Weil Sie das vorhin angesprochen haben: Was kann man tun, um zu vermeiden, dass sich die MigrantInnen in ihre Herkunftskultur zurückziehen?

FRISCHMUTH: Wie gesagt: Die Leute müssen verstärkt einbezogen werden. Der ORF könnte auch mehr in dieser Richtung machen. Ich glaube, dass gerade über den Film viele Menschen erreichbar sind.

SARI: Wichtig ist auch, dass man selbst aktiver wird. Das ist eine wesentliche Entwicklung. Die MigrantInnen wissen bereits, dass sie eine große politische Kraft sind. Auch die politischen Parteien müssen diese Realität berücksichtigen. Dieses Bewusstsein wird eine wichtige Rolle hinsichtlich der Emanzipation spielen. Ein altes revolutionäres Sprichwort besagt: Das Recht wird nicht gegeben, sondern erkämpft.

FRISCHMUTH: Das ist auch ein alevitisches Lied.

Sind Gefühle international?

FRISCHMUTH: Aber natürlich. Wir unterscheiden uns genetisch nur um 2 Prozent von den Affen. Umso weniger unterscheiden sich die Menschen voneinander. Natürlich gibt es einen großen Pool an Charakteren, aber angeblich – und viele Forschungen scheinen darauf hinzuweisen – ist die Mischung in China nicht anders als beispielsweise in Italien. Dass man kulturell bedingt Unterschiede schaffen kann, darf man allerdings nicht in Abrede stellen.

Welche Rolle spielt die Religion?

FRISCHMUTH: Ich glaube, dass die Religion derjenige Bereich ist, wohin Menschen regredieren, wenn sie frustriert sind. Über Religion kann man nicht auf demselben Level diskutieren wie über Politik, weil Religion eben etwas mit Glauben zu tun hat, und der ist – wenn man es von außen betrachtet – irrational. Und weil Religion eben etwas nicht wirklich Fassbares ist, kann sie auch politisch am ehesten missbraucht werden. Das ist die ganze Geschichte hindurch passiert – und zwar in sämtlichen Religionen. Und alle werden in der Bibel oder im Koran ihre Bestätigung finden, weil das keine rationalen Werke sind. Schon von der Bibel her wissen wir, wie kontrovers sich einzelne Jesusworte zueinander verhalten. Zum Beispiel: „Wer nicht für mich ist, ist gegen mich." Und auf der anderen Seite der Satz: „Wenn dich jemand schlägt, halte ihm die andere Wange hin." Ich glaube, dass Religion als wirklich geistige Dimension nicht Grundsatz der Diskussion sein kann. Und gerade in der jetzigen Situation muss man sehr aufpassen. Jetzt wird der Islam für alles verantwortlich gemacht. Es ist nicht der Islam. Es sind die Menschen, die den Islam dazu benützen, um eine postkoloniale Politik zu machen.

SARI: Wenn man im Namen der Religion menschenbedrohliche Organisationen schafft, dann soll man das nicht mit der Religion, sondern mit diesen Organisationen interpretieren.

FRISCHMUTH: Gerade die Literatur könnte hier ein differenzierteres Bewusstsein schaffen.

SARI: Aber radikale Gruppen lassen sich nicht mit Musik oder Literatur beeinflussen. Das ist die Aufgabe von Staatsapparaten. Muslime und Christen weisen eine ganz andere Entwicklung auf. Orthodoxe und Fundamentalisten gibt es auch bei den Christen. Der Unterschied ist, dass die christliche Religion eine Reform hinter sich hat und der Islam nicht.

FRISCHMUTH: Der Missbrauch basiert ja auf einem nach außen hin Genaunehmen eines Teiles der Gesetze. Dass es nach Jahrhunderten anders ausschaut, ist den aufgeklärten Muslimen klar, aber nicht denen, die es für ihre politische Struktur brauchen.

SARI: Tolerant sein allein genügt nicht. Man kann nicht jenen Menschen gegenüber tolerant sein, die selber nicht tolerant sind. Toleranz ist ein oberflächlicher Begriff.

FRISCHMUTH: Dagegen habe ich mich auch schon einmal verwahrt. Denn was heißt denn dulden? Wieso soll ich jemanden dulden, wenn er hier wirklich integriert ist? Es ist selbstverständlich, dass er hier lebt.

14. September 2001, Restaurant Barbaro's

BARBARA FRISCHMUTH

Geboren 1941 in Altaussee. Studierte Türkisch und Ungarisch am Grazer Dolmetsch-Institut, später in Wien Orientalistik. Ab 1960 mehrmonatige Studienreisen und Stipendienaufenthalte in der Türkei. 1963–1964 Ungarisch-Studium in Debrecen. 1964 Abschluss als akademisch geprüfte Übersetzerin. 1966 Beginn der hauptberuflichen Tätigkeit als Schriftstellerin und Übersetzerin. Gründungsmitglied der Grazer Autorenvertretung. Neben einer Reihe von Erzählungen, Hörspielen und Kinderbüchern veröffentlichte Frischmuth u. a. die Roman-Trilogie „Die Mystifikationen der Sophie Silber" (1976), „Amy oder Die Metamorphose" (1978) und „Kai und die Liebe zu den Modellen" (1979). Zuletzt erschienen die Romane „Die Schrift des Freundes" (1998), „Die Entschlüsselung" (2001) sowie das literarische Gartentagebuch „Fingerkraut und Feenhandschuh" (1999). Zu ihren wichtigsten Auszeichnungen zählen u. a. der Österreichische Kinder- und Jugendbuchpreis (1972), der Anton-Wildgans-Preis (1973), der Förderungspreis der Stadt Wien für Literatur (1975), der Manuskripte-Preis (1988) sowie der Franz-Nabl-Literaturpreis (1999).

HAYDAR SARI

Geboren 1955 in Yozgat (Türkei). 1976 Übersiedelung nach Wien. 1977 Studium der Betriebswirtschaft, Politologie und Soziologie in Wien, 1987 Promotion. 1977–1983 Obmann der Vereinigung der Studenten und Jugendlichen aus der Türkei. Zusammenarbeit mit der Österreichischen Hochschülerschaft, Vorstandsmitglied der Österreichischen Studentenunion. 1982–1983 Aufbau einer arbeitsmarktpolitischen Beratungs- und Betreuungseinrichtung für MigrantInnen. 1983–1992 Obmann des Beratungszentrums für MigrantInnen „Am Modenapark". 1992–1994 Lehrbeauftragter an der Bundesakademie für Sozialarbeit zum Themenkreis Migration und Integrationspolitik. Seit 1998 Aufbau und Leitung des Referats für interkulturelle und internationale Aktivitäten in der Kulturabteilung der Stadt Wien.

Von Freunden und Wunschkräften

ELFRIEDE GERSTL UND KONSTANZE FLIEDL ÜBER DIE IRONIE ALS GEGENGIFT DER ZEIT

„Elfriede Gerstl ist am 16. Juni 1932 geboren, man glaubt es nicht. Ihre Texte werden auch nicht älter. Sie sind jedenfalls sehr viel jünger als die jeweils letzte literarische Mode.", schreibt Konstanze Fliedl, Professorin für österreichische Literatur an der Universität Salzburg, in ihrem Dossier-Band über Elfriede Gerstl. Neben der Zeitlosigkeit spielt auch die Dimension der Leichtigkeit eine wichtige Rolle in Gerstls Leben und Schaffen.

KONSTANZE FLIEDL: Für mich gibt es einen ganz wichtigen Satz, der so etwas wie ein Lebenssatz geworden ist: das englische Sprichwort „*You should travel light*" – man soll leicht oder als ein Leichter reisen. Das ist übrigens auch der einzige Satz, den Wittgenstein auf Englisch gekonnt haben soll. Und jedes Mal, wenn mir dieses Sprichwort einfällt, denke ich an dich, weil ich finde, dass du mit unheimlich viel Leichtigkeit im Kopf reist. Andererseits sind da aber auch deine Reisegedichte, die diese Beschwerlichkeit des Reisens auf ironische Weise ausdrücken. Du bist für mich sozusagen das Paradoxon dieses Satzes.

ELFRIEDE GERSTL: Ich habe viele Jahre am besten in der Bahn arbeiten können, weil ich da am ehesten ruhig und bei mir sein konnte. Das war in der Zeit, in der ich so schwierig und unangenehm gewohnt habe – sowohl in Wien als auch in Berlin. Deshalb waren diese zwölf Stunden im Vindobona-Express mein Arbeitsplatz. Es war nicht einfach ein leichtes Reisen, aber das Unterwegssein war noch das Angenehmste in dieser Zeit.

FLIEDL: Das Leichtsein hat bei dir noch einen anderen Aspekt, weil du ja auch körperlich so leicht bist und man dir dein Alter wirklich nicht ansieht.

GERSTL: Die Leichtigkeit ist sicher etwas Wichtiges in diesem Zusammenhang, wobei ich sagen muss, dass ich mein Alter einfach ignoriere. Ich kümmere mich eben nicht darum, ziehe mich an, wie es mir Spaß macht, und gehe in Lokale, in denen ich seit vielen Jahren die Älteste bin.

FLIEDL: Es gibt ein hebräisches Wort über das Altern: Zimzum. Das heißt, Gott reduziert sich, damit seine Geschöpfe Platz haben. Angewandt auf das Altern heißt Zimzum: Alles wird weniger. Die Freunde werden weniger, die Erlebniswahrnehmungsfähigkeit reduziert sich, alles wird enger und kleiner.

GERSTL: Also ich kann nichts von alledem für mich erkennen. In den letzten Jahren habe ich sehr viele Freundinnen und Freunde hinzugewonnen und auch die Möglichkeiten haben sich vergrößert und erweitert. Allerdings muss man auch sagen, dass – wenn man sozial und emotional besser dran ist – Leute auf einen zukommen, die einen in schlimmen Zeiten mitunter gemieden hätten.

FLIEDL: Man hat bei dir auch den Eindruck, dass Zeit eine andere Rolle spielt. Ich bin neulich bei Erich Fried auf eine Stelle gestoßen, wo er schreibt, dass er im fortgeschrittenen Alter mehr Zeit für seine Kinder, mehr Zeit fürs Lieben usw. gefunden hat. Das fand ich sehr schön, dass offensichtlich die subjektive Zeitrechnung eine andere werden kann, je nach der Intensität, die Zeit bekommen kann.

GERSTL: Ja, aber die Zeit läuft einem auch davon. Man hat weniger „Zeitbudget". Ich stopfe jetzt sehr viel mehr in einen Tag. Ich glaube nicht, dass ich jetzt langsamer lebe, sondern ganz im Gegenteil: Jeder Tag läuft in einer rasenden Geschwindigkeit ab.

FLIEDL: Du beschäftigst dich sehr viel mit Mode und mit all dem, was Frauen anstellen, um sich zu inszenieren und zu zelebrieren. Gleichzeitig kommt in deinen Texten kaum das Wort „schön" vor.

GERSTL: Das stimmt.

FLIEDL: Und vor allem nicht in Zusammenhang mit weiblicher Schönheit. Das fand ich sehr interessant, dass ästhetische Dimensionen von dir so nicht gedacht werden können. Das ist tröstlich, weil Schönheit sonst sehr oft als Merkmal des weiblichen Körpers gedacht wird, der sich eben im Laufe der Jahre „entwertet". Das ist eine Idee, die so inkompatibel mit dem ist, was du machst, dass das für uns alle sehr beruhigend ist.

Elfriede Gerstl: „Alle totalen Erklärungen, Festlegungen und eindeutigen Glaubenssätze sind mir suspekt."

GERSTL: Eine bestimmte Art von Weiblichkeit war in den 50er Jahren ja ein absolutes Diktat! Es war kein Zufall, dass ich in einer Boutique nichts zu kaufen bekommen habe, wenn ich ausnahmsweise einmal Geld gehabt habe. Ich war wirklich eine Außenseiterin und habe mir alles nähen lassen müssen, weil es für kleine Dünne einfach nichts zu kaufen gab. Die Größen 36 und 38 hat es in den Kaufhäusern und Boutiquen erst etwas später gegeben. Ich war sozusagen außerhalb jeder Schönheitsnorm.

FLIEDL: Das ist etwas, das gegen diese Eigenschaft der Leichtigkeit spricht, dass du auf Grund dieser Situation des Nie-etwas-gehabt-Habens angefangen hast zu sammeln. Aber ein Sammler reist nicht leicht, sondern wird an den Ort seiner Sammlung gefesselt.

GERSTL: Ja, das ist mein Problem. Die Sammlung beschwert einen auch. Ein leichtes Reisen ist in dieser Weise nicht möglich. Dann müsste man ja die Lieblinge zurücklassen.

FLIEDL: Ein weiterer Aspekt, der mir bei dir auffällt, ist die Kunst der Verträglichkeit in dem Sinne, dass du kaum Ressentiments zeigst und Vergangenes sein lässt.

GERSTL: Ich habe immer versucht, nicht verbittert zu sein und mir nicht auf Grund schlimmer Erlebnisse und Erfahrungen meine Gegenwart vergiften zu lassen.

FLIEDL: Es ist auch das, was Kunst kann: auf der einen Seite Gedächtnis bewahren, auf der anderen Seite dieses Gedächtnis von Ressentiments befreien. In dem Moment, wo man etwas niederschreiben kann, ist es Wege gegangen, die nicht mehr im Kontext der persönlichen Verletztheit stehen.

GERSTL: Du sprichst den therapeutischen Effekt des Schreibens an.

FLIEDL: Nicht nur.

GERSTL: Es hat etwas mit Erkenntnisinteresse zu tun. Sobald man etwas aufgeschrieben hat, weiß man darüber besser Bescheid und kann eher darüber reden als zuvor. In Zeiten, wo ich mich niemanden anvertrauen konnte, habe ich so wie viele einsame Menschen Tagebuch geführt. Das hat ganz gewiss seine therapeutische Wirkung. Es stimmt schon: Selbsttherapie ist sicherlich einer von vielen „Nebeneffekten" von Literatur.

FLIEDL: Das spielt sicher eine große Rolle, aber Literatur ist ja nicht nur einfach der Frosch, der durch die eigenen Strampelbewegungen die Milch zu Butter macht, um aus der Butter rausspringen zu können. Ich habe das nicht nur von dieser Perspektive her gemeint, sondern hinsichtlich der Souveränität deines Schreibens. Bei Hofmannsthal heißt es zum Beispiel: „*Il faut glisser que servir*" – also man muss sein Leben so verbringen wie ein Eisläufer, der dahingleitet. Und indem er sich bewegt, bricht er nicht ein.

GERSTL: Das ist ein schönes Bild. Es geht darum, Distanz zu gewinnen, sich nicht dermaßen schwierig und ernst zu nehmen, sondern sich auch ironisch anzusehen und die eigenen Marotten wie von außen zu betrachten.

FLIEDL: Ich habe den Eindruck, dass du philosophische Autoritäten, die es für das Schreiben gibt, leichtfüßig hinter dir lässt. Nicht, weil die Auseinandersetzung mit den betreffenden Angeboten – also beispielsweise Wittgenstein oder Oswald Wiener – von dir negiert worden wäre …

GERSTL: Das ist mir schon ernst gewesen.

FLIEDL: … sondern weil dieser Anspruch der totalen Welterklärung für dich nicht zutreffend war.

GERSTL: Ja, alle totalen Erklärungen, Festlegungen und eindeutigen Glaubenssätze sind mir suspekt. Ich kann in verschiedenen Gruppierungen und Theorien zu Gast sein, aber mich einer Ideologie vollständig zu verschreiben, ist mir unmöglich. Ich behalte da doch eine ironische oder kritische Distanz. Wie das eben auch Herbert J. Wimmer in seiner Arbeit über die „Spielräume" angemerkt hat, versuche ich mich zwischen den verschiedenen Theorien in Schwebe zu halten und kann mich in dieser luftigen, ambivalenten Weise noch am ehesten zufrieden und zu Hause fühlen.

FLIEDL: Ein weiterer schöner Aspekt deiner Arbeit ist, dass du auch deine Freunde zu Wort kommen lässt und wahrnimmst. Das finde ich insofern eine ganz wichtige Sache, weil Freundschaftsfähigkeit ja keine Naturgabe ist.

GERSTL: Aber es ist ja auch eine große Freude! So wie das Schreiben mitunter von Gedichten aufgesucht wird, so sind Freundinnen und Freunde ein großes Glück! Ich bin sehr froh darüber – und es zählt zu den wichtigsten Dingen, die mir in den letzten Jahren gelungen sind –, dass ich einige neue Freundinnen und Freunde gefunden habe.

FLIEDL: Dann gibt es noch etwas, das mit deiner Fähigkeit des

Nichtalterns oder des Leichtbleibens zusammenhängt, und das sind die Wunschkräfte – also die Fähigkeit, etwas zu imaginieren, was letztlich wie ein Motor wirkt. Im Gedicht „Willkommene Kopfgäste“ aus deinem Lyrikband „Alle Tage Gedichte“ werden zuerst Textstellen von Celan, Otto Laaber und Andreas Okopenko zitiert und dann heißt es weiter: „Sie reden zu mir, begleiten mich, sind meine verlässlichsten Freunde – dass einige Zeilen Wohnung nehmen in verwandten Köpfen – mehr gibt es nicht zu wünschen.“ Für mich ist das wirklich ein Programmgedicht geworden, hinsichtlich meiner täglichen Arbeit als Hochschullehrerin und Literaturwissenschaftlerin.

GERSTL: Das freut mich! Weil es auch wirklich so ist, wie ich es in diesem Gedicht beschreibe. Wenn ich durch die Stadt spaziere, begleiten mich sehr viele Anfangszeilen oder Textstellen von Gedichten. Ähnlich wie in der bildenden Kunst ein imaginäres Museum existiert, hat man – umgelegt auf die Literatur – auch eine imaginäre Bibliothek bei sich. Sozusagen befreundete Gedichtzeilen, die man auswendig kann und die man in seinem Kopfgepäck mit dabei hat.

Eine Sache sollte ich vielleicht aber doch noch sagen. Weil mir immer wieder mangelnde Konfliktfähigkeit nachgesagt wird und mir zum Vorwurf gemacht wird, dass ich mir immer nur Freundlichkeit und Umgänglichkeit wünsche, oder wie es die deutschen Freundinnen und Freunde nennen …

FLIEDL: „Friede, Freude, Eierkuchen.“

GERSTL: Genau, das wünsche ich mir. Und ich verstehe nicht, weshalb man sich nach all den konfliktreichen Jahren nicht „Friede, Freude, Eierkuchen“ wünschen darf?

FLIEDL: Andererseits hat man manchmal das Gefühl, dass dir Feiern rund um deine Person auch nicht immer willkommen sind.

GERSTL: Nicht prinzipiell, nur wenn zu viel auf einmal kommt.

FLIEDL: Wie zuletzt, anlässlich deines 70. Geburtstages. Es gibt ja auch einen Text von dir, wo du unser Bedürfnis, dich zu feiern, ein wenig ironisierst.

GERSTL: Ja, ich kann es wohl nicht besser sagen als in diesem Gedicht: „Vom Wünschen“ – 1: ich weiß nicht recht/ was ich

Konstanze Fliedl: „You should travel light."

mir wünschen soll/ naht mein geburtstag nervt man mich mit fragen/ ich wünsch' mir liebe leute keinen knochenbruch/ kein hinfallen gar kein schwinden meiner sinne/ wenns geht kein darmkrampf magenbrand kein nackenschmerz/ kein zahnabbrechen bitte wenigstens im wirtshaus/ ich kann mir leisten was ich dringend brauch/ das schuhekaufen macht mir zu viel stress/ selbst was erfolg heißt – klein und spät – bereitet mühe/ die nicht mal den erreichten können das nicht glauben.

20. Juni 2002, bei Elfriede Gerstl

ELFRIEDE GERSTL

Geboren 1932 in Wien. Überlebt die NS-Zeit mit ihrer Familie in einem Versteck in Wien. 1952 Externistenmatura. Erste Veröffentlichungen ab 1955 in der Zeitschrift „neue wege". Kontakt zur Wiener Gruppe. 1964 Gast des Literarischen Colloquiums in Berlin, wo sie bis zum Jahr 1968 lebt. Pendelt in den Jahren 1968–1972 abwechselnd zwischen Wien und Berlin. Seit 1972 lebt Elfriede Gerstl ausschließlich in Wien. Gründungsmitglied der Grazer Autorenversammlung, Austritt im Jahr 1992. Zu ihren wichtigsten Werken zählen u. a. „Spielräume" (1977), „Wiener Mischung" (1982), „Unter einem Hut" (1993), „Alle Tage Gedichte" (1999), „Neue Wiener Mischung" (2001). Neben zahlreichen Auszeichnungen wurde Elfriede Gerstl im Jahr 1999 mit dem Georg-Trakl-Preis für Lyrik sowie mit dem Erich-Fried-Preis ausgezeichnet.

KONSTANZE FLIEDL

Geboren 1955 in Linz. Studium der Deutschen Philologie, Kunstgeschichte und Katholischen Theologie an der Universität Wien. Ab 1988 diverse Forschungsaufenthalte u. a. in Cambridge sowie an der Beinecke Library/Yale. 1991–1996 Mitglied des Literaturbeirates des Ministeriums für Unterricht und Kunst. 1997 Habilitation über Arthur Schnitzler. Seit 1997 a. o. Professorin für Neue Deutsche Literatur am Germanistischen Institut der Universität Wien. 1999 Österreichischer Staatspreis für Literaturkritik. Zahlreiche Publikationen u. a. über Arthur Schnitzler, Elfriede Gerstl und Marlen Haushofer. Seit 1999 Vorsitzende der Arthur-Schnitzler-Gesellschaft. Ab 2000 Gastprofessuren u. a. an den Universitäten Bern, Neapel, Zürich und Barcelona. Seit Oktober 2002 Professorin für Österreichische Literatur an der Universität Salzburg.

Schreiben als permanente Überschreitung

Elfriede Jelinek und Irene Compton über die „typisch österreichische" Position des Künstlers als Schwellenexistenz

„Die Macht ist die Königin der Welt und nicht die Meinung – aber die Meinung ist es, die sich der Macht bedient." Ein Satz von Pascal, der im übertragenen Sinn das Gespräch zwischen Elfriede Jelinek und Irene Compton, Institutsleiterin für Germanistik an der Xavier-University in Cincinnati, USA, begleitete.

IRENE COMPTON: In den USA hat man immer gerne alles schwarzweiß. Entweder gut oder böse, wie Cowboy-Indiander-Filme. Lange Zeit galt Österreich als Opferland. Seit Ihrem Stück „Stecken, Stab und Stangl" weiß man von Oberwart. Nun sind die Österreicher die Bösen. Früher waren Sie für die Amerikaner die Autorin der „Klavierspielerin", jetzt sind Sie die Autorin von „Stecken, Stab und Stangl". Es gibt übrigens auch schon Dissertationen über dieses Werk.

ELFRIEDE JELINEK: Da bin ich aber doch ziemlich sprachlos, weil ich nicht erwartet habe, dass man „Stecken, Stab und Stangl" in Amerika kennt.

COMPTON: Mit Ihrer Website haben Sie sehr zum Verständnis beigetragen. Wie möchten Sie in den USA gesehen werden?

JELINEK: Das ist sehr schwierig, weil mein Hauptwerk – „Die Kinder der Toten" – kaum rezipiert ist: In der Gestalt einer Gespenstergeschichte kommen die Toten zurück und holen sich ihr gestohlenes Eigentum. Wobei ich die deutsche und österreichische Geschichte als eine Gespenstergeschichte bezeichnen würde, als eine, die auch nicht sterben kann. Sozusagen: Der Boden hält die Toten nicht. Weil unsere nationale Identität eine Leerstelle ist.

COMPTON: Sie konfrontieren die Österreicher mit einer Realität, die sie nicht gerne laut gesagt bekommen. Beispielsweise mit der Nazivergangenheit.

JELINEK: Bis heute gelten wir als das erste überfallene Land. Wir sind das erste Opfer Hitlers. Natürlich sind wir auch Opfer gewesen, aber wir waren noch viel mehr Täter.
Generell würde ich sagen, dass ich die Ambivalenz der österreichischen Identität exemplarisch, nicht psychologisch zu fassen suche. Ich weiß nicht, weshalb ich so verhasst bin, weil ich eigentlich auch komisch bin.
COMPTON: Wieso, denken Sie, wird dieser Schreibstil bzw. Witz mitunter nicht verstanden?
JELINEK: Diese jüdische Tradition, aus der ich komme, dieser Sprachwitz im Stile von Karl Farkas oder Fritz Grünbaum, findet hier kein entsprechendes Rezeptionsfeld. Meine Texte funktionieren einerseits über das Sprachspiel, über das Wort, andererseits habe ich dieses sprachkompositorische Verfahren, das man nur dann verstehen kann, wenn man auch ein Ohr für den Klang einer Sprache hat. Bei Thomas Bernhard sind es eher die Tiraden und Sinusschwingungen, bei mir eben der Klang und die Resonanzen. Ich glaube, dass das sehr tief in Österreich steckt, dass man den kritischen, witzigen Geist nicht erträgt. Ich denke, dass diese Herrschaft der Provinz, die jetzt über uns gekommen ist, eine geistige Provinzialisierung, eine Enge mit sich bringt, die auch zur Norm der Kultur wird.
COMPTON: Die Österreicher sind sehr gut im Imagemachen.
JELINEK: Jetzt bricht das aber zusammen und man ist narzisstisch gekränkt. Mit dieser Tünche aus: Wie können 14 Unholde ein armes, hübsches, kleines Land so misshandeln? Diese Selbstinfantilisierung, dass man, weil man so nett ist, auch geliebt werden muss. Im Grunde ist das Ganze nur noch psychoanalytisch. Wie auch das Phänomen der FPÖ besser psychoanalytisch als durch politologische Fakten erklärbar ist.
COMPTON: Warum spiegelt sich in manchen Ihrer Werke so ein Hass auf Heidegger?
JELINEK: Das ist kein Hass. Es ist nur diese merkwürdige Ambivalenz, dass ein so scharfer Denker einem Adolf Hitler unterliegt, für ihn schwärmt und den Führer führen will. Dieser Umstand, den verkörperten Ungeist durch Geist führen zu wollen, zeugt von einer so fundamentalen Fähigkeit zur Täuschung und

Elfriede Jelinek: „Man kann sich von keiner Erinnerung befreien."

Selbsttäuschung, dass mich das sehr interessiert hat. Dass Klarheit mit so einer Dummheit gemischt sein kann.

COMPTON: Klugheit schützt vor Dummheit nicht.

JELINEK: Grundsätzlich habe ich mich in „Totenauberg" mit dieser Paarung beschäftigt. Eine Frau, die gehen muss, die verloren hat, egal was sie tut, und die auch gezwungen wird, politisch zu philosophieren, weil man ihr das andere – das reine Denken – nicht lässt. Das bleibt halt Männersache.

COMPTON: Weil Sie das ansprechen, muss ich Ihnen vorlesen, was Rowohlt über Sie schreibt: „Mit kalter Schärfe analysiert Elfriede Jelinek die alltägliche Gewalt an Frauen." Stimmen Sie damit überein?

JELINEK: Ich würde sagen, das ist ein Aspekt.

COMPTON: Ich finde, dass Sie sich eher als Menschenrechtlerin, nicht ausschließlich als Frauenrechtlerin artikulieren. Sie kämpfen für die Rechte der Unterdrückten.

JELINEK: Ja, ich hasse Autoritäten.

COMPTON: Ärgert Sie dieses Festmachen an feministischen Themen?

JELINEK: Ich bin generell der Meinung, dass ich eine Autorin bin, die zwar Preise und Auszeichnungen bekommt, im Grunde aber nicht adäquat rezipiert ist. Man hat das Gefühl, man will einfach nicht, dass Frauen sprechen. Insofern stimmt diese Beschreibung wieder, weil es doch auch damit zu tun hat, dass ich mir als Autorin in einer Weise ein Sprechen anmaße, das für Frauen eben nicht vorgesehen ist. Es muss also eine ständige Überschreitung geben mit dem, was ich mache.

COMPTON: Sie ließen auch im „Sportstück" die Autorin sprechen. Wobei man sehr vorsichtig sein muss, will man vom Werk auf die Person schließen. Heinrich Böll war ja der Ansicht, dass dies ein totaler Blödsinn sei. Andererseits ist es mit dem Schreiben wie mit dem Nassrasieren: Ein paar Blutstropfen fallen doch immer.

JELINEK: Ja sicher. Man geht von seiner Erfahrung aus. „Die Klavierspielerin" lebt natürlich sehr stark vom Impetus dieser entsetzlichen Kindheit. Letztlich spielen meine Bücher immer noch zu einem guten Teil in einer Landschaft, die ich als Kind kennen gelernt habe. Nicht, weil ich dort gelebt habe, sondern weil die Familie dort ein Ferienhaus hatte. Die stärksten Eindrücke hat man in der Kindheit. Später kommt nichts Nennenswertes hinzu. Davon bin ich überzeugt.

COMPTON: In einem Interview mit Sigrid Löffler sagten Sie, dass Sie es bereuen würden, je über Ihre Kindheit gesprochen zu haben. Weil wir Germanisten jetzt kommen und die Stücke zerlegen.

JELINEK: Ja. Speziell „Macht nichts" ist ein sehr persönlicher Text, der die Vergangenheit noch einmal rekapituliert. Dieser letzte Teil, „Der Wanderer", ist im Grunde ein Requiem für meinen Vater. Da ist diese entsetzlich tragische Figur, diese Tragik des Vaters, über den ich eigentlich nie sprechen konnte und auch nicht mehr sprechen werde, außer in diesem einen Monolog.

COMPTON: Evoziert Schreiben eine Art Katharsiseffekt?

JELINEK: Ich fürchte nein. Ich spreche oft mit Elfriede Gerstl über dieses Thema. Es hilft im Moment, eine Art Orgasmus – was aber leider nicht anhält, wie wir alle wissen. Katharsis würde ich es nicht nennen. Man kann sich von keiner Erinnerung befreien.

COMPTON: Glauben Sie, ist es für die Leser notwendig, Österreich so zu kennen, wie Sie es tun? Oder kann man auch von außen kommen?

JELINEK: Das ist schwer für mich zu beurteilen, aber die Herrschaft der geistigen Provinzialität ist ein Phänomen, das es überall gibt. In Amerika existieren stark ausgeprägte akademische Enklaven. Eine geistige Welt, die wenig ausstrahlt, außer vielleicht in die Literaturbeilage der „New York Times".

COMPTON: Ja, das stimmt. Amerika ist dermaßen konservativ und wird mit jeder Sekunde konservativer.

JELINEK: Künstlern gegenüber herrscht wirklich ein illiberales Klima.

COMPTON: Sie haben jetzt schon so viel Hass in Österreich zu spüren bekommen – warum gehen Sie nicht nach München?

JELINEK: Ja, das kann ich mir schon vorstellen. Aber viele Leute, die je in dieser Versuchung waren, haben dann, wie die Graugans den Konrad Lorenz, sofort wieder den Ort aufgesucht, an dem sie sich reiben müssen. Aber ich muss ehrlich sagen, dass es mir manchmal wirklich reicht.

COMPTON: Wie stehen Sie zu Kritiken?

JELINEK: Ich habe aufgehört, Kritiken zu lesen, weil es mich zu sehr deprimieren würde. Ich könnte sonst vielleicht nicht mehr arbeiten.

COMPTON: Soll man damit aufhören?

JELINEK: Nein, jeder kann alles sagen, was er will. Ich bin ja nicht gezwungen, das zu lesen. Aber es ist mir seltsamerweise auch peinlich, gelobt zu werden.

COMPTON: Sie werden immer wieder als Nestbeschmutzerin bezeichnet.

JELINEK: Das hat so eine Stereotypie. Man überprüft das überhaupt nicht. So wie Politik nur nach Wahlergebnissen beurteilt wird. Als ob Politik nicht auch etwas anderes wäre als das Schielen nach Wählerstimmen. Im Grunde ist es dieses Sportprinzip. Dieses vordergründige Leistungs- und Erfolgsprinzip.

COMPTON: Sie hassen Sport.

JELINEK: Ich habe gegen die Vergötzung des Sports etwas. Dass körperliche Leistung um so viel mehr zählen soll als künstlerische und intellektuelle. Diese Verachtung des Geistes in Österreich, die Thomas Bernhard auch immer beklagt hat. In Frankreich wird man das nicht erleben, dass Intellektuelle so verachtet werden. Natürlich lieben auch die Franzosen ihre Sportler, aber es sind auch die Intellektuellen Frankreichs, die identitätsstiftend wirken.

COMPTON: Um als Dichter groß gemacht zu werden, muss man immer erst sterben.

JELINEK: Auch nicht jeder. Es gibt viele, die trotzdem ignoriert werden.

COMPTON: Denken Sie, dass Sie groß werden?

JELINEK: Wenn ich tot bin, ist mir das egal. Ich möchte am liebsten nur verschwinden. Was ich möchte, ist, dass man vernünftig diskutiert und nicht hysterisch rezipiert. Dass man mir zuhört, was ich sage. Aber das ist leider selten der Fall. Es wird immer alles so aufgeschaukelt. Das ist wirklich wie ein Pawlow'scher Reflex.

COMPTON: International gesehen gilt Österreich aber als Kulturland und nicht als Sportland.

JELINEK: Sie würden sagen, man kennt in Amerika Alfred Brendel besser als Hermann Maier?

COMPTON: Man kennt beide nicht.

JELINEK: Wen kennt man dann?

COMPTON: Arnold Schwarzenegger. Trotzdem ist es die Kunst, die man in Amerika mit Österreich assoziiert.

JELINEK: Aber die Künstler werden hier wie Dreck behandelt. Ich meine nicht die Interpreten, die werden vergötzt. Die berühmten Schauspieler sind die Lieblinge des Volkes. Deshalb habe ich auch „Burgtheater" geschrieben. Sobald Künstler schöpferisch sind, beginnt im Land das Misstrauen. Das geht durch die Geschichte, ob das jetzt Mozart war oder Schubert. Man spürt in Österreich das Misstrauen der Obrigkeit gegen diese Subversion.

COMPTON: Trotzdem verkauft sich die Kunst sehr gut.

JELINEK: Ja, aber in Frankreich ist die Subversion beispielsweise immer geschätzt worden. Es gilt als Aufgabe des Künstlers, den Staat zu kritisieren. Hier dominiert das Misstrauen. Mich in der gegenwärtigen Situation gegen das so genannte gesunde Volksempfinden zu stellen, ist für mich im Grunde kein Triumph. Weil ich lieber meine Ruhe hätte. Es ist nicht so, dass ich mich narzisstisch daran erhebe, eine andere Meinung zu haben.

Irene Compton: „Amerika ist dermaßen konservativ und wird mit jeder Sekunde konservativer."

COMPTON: Denken Sie beim Schreiben auch an Ihre Leser?
JELINEK: Ich muss gestehen, dass ich kaum an die Leser denke. Ich bin in gewisser Weise eine Triebtäterin. Bei Theaterstücken ist das natürlich etwas anderes. Literatur zu lesen ist eine private und vereinzelte Art der Reflexion. Theater ist eine Stätte der Kommunikation. Bei „Stecken, Stab und Stangl" ist es durchaus so, dass ich diesen vier Toten ein Denkmal setzen wollte.
COMPTON: Sind Sie, was Ihre Arbeitsweise betrifft, diszipliniert?
JELINEK: Ich bin sehr diszipliniert. Das habe ich durch mein Musikstudium, das ich neben der Schule absolviert habe, gelernt. Ich bin eine Mischung aus Schlamperei in meinem täglichen Leben und sehr großer Selbstdisziplin.
COMPTON: Welche Rolle spielt Ihre Mutter in Ihrem Leben?
JELINEK: Das ist ein sehr schwieriges Kapitel. Sie ist jetzt 97. Es ist ein großes Problem, weil sie eben sehr alt ist und eine Persönlichkeitsstörung hat, die sie immer schon hatte, nicht nur jetzt im Alter. Und die es sehr schwierig macht, mit ihr auszukommen. Es sind viele Aspekte – auch bewundernswürdige. Sie ist eine sehr starke Persönlichkeit. Einerseits hat sie mich neben sich nicht hochkommen lassen, andererseits mir die Sprache als einzige Zuflucht vor dieser erdrückenden Autorität gelassen.

Wobei die Sprache eigentlich das väterliche Element ist. Ich war auf der Seite meines Vaters, aber mein Vater konnte mich nicht schützen, weil auch er ihr ausgeliefert war.

COMPTON: Sind Sie stark?

JELINEK: Nein, ich bin sicherlich kein starker Mensch. Eigentlich sehr schwach. Aber ich muss wohl eine mentale Stärke besitzen.

COMPTON: Im „Sportstück" heißt es: „Ehrgeiz ist der stärkste Trieb."

JELINEK: Ja, das glaube ich. Das ist die Summe meiner Lebenserfahrung. Jeder möchte mehr sein, als er ist. Ich wäre sicher ehrgeiziger. Aber durch diese ehrgeizige Mutter, die mich ununterbrochen geschunden und mir meine Kindheit und Jugend in diesem Ehrgeiz genommen hat, wurde es mir ein für alle Mal ausgetrieben. Natürlich freue ich mich über Preise, schon allein aus finanziellen Gründen. Aber ich würde jetzt nicht sagen, dass ich Ruhm will. Keine Frau will Ruhm. Weil es nicht vorgesehen ist, dass Frauen Ruhm erwerben – außer im Sport. Deswegen macht Ruhm eine Frau grotesk und beängstigend, sodass man nicht mehr an ihr anstreifen möchte.

Im Grunde auch der Inhalt von Bachmanns „Malina". Dass eine Frau nur die Wahl hat, ihre sexuelle Identität zu leben oder als Denkerin bzw. Künstlerin ein Subjekt zu sein, das sich ein männliches Ich aneignen muss. Wenn sie sich also dieses Recht zu sprechen anmaßt, ist sie sexuell nichts mehr wert.

COMPTON: Ähnlich wie Penthesilea.

JELINEK: Ja, deshalb habe ich auch im „Sportstück" Stellen aus Penthesilea genommen.

COMPTON: Heinrich Böll hat immer wieder betont, dass man sich als Künstler verlieren muss.

JELINEK: In der Partei geht das ja noch bis zur Selbstverleugnung weiter. Man muss sich nicht nur verlieren, sondern auch noch vergeuden.

COMPTON: Denken Sie, dass sich die Österreicher derzeit verlieren?

JELINEK: Sie meinen im moralischen Sinn?

COMPTON: Ja.

JELINEK: Ich würde sagen, sie haben sich nie gehabt. Man kann nur etwas verlieren, wenn man etwas hat. Und da sie diese Aufarbeitung verweigert haben, haben sie sich auch nie gehabt. Deshalb reagieren sie jetzt auch so, weil sie keine Identität hatten, weil die Identität eine geborgte war. Sobald man diese psychoanalytische Arbeit nicht macht oder verweigert, wenn man sozusagen die Unschuld geschenkt bekommt, kann man kein Ich herausbilden. Die Österreicher haben psychoanalytisch betrachtet kein Ich. Und jetzt kommt das Es zurück und holt sie sich. Und ich fürchte sehr, wenn das einmal ins Rutschen kommt, wenn also das Über-Ich auslässt und das Es von den Leuten Besitz ergreift, die uns jetzt regieren, dass schlimme Dinge passieren.

In einem Protestschreiben formulierten Sie, dass man sich nicht mehr mit Worten zwischen Macht und Wirklichkeit schieben kann. Wo bleibt dann noch der Raum für Literatur?

JELINEK: Wahrscheinlich außerhalb der Öffentlichkeit. Sobald eine Verlautbarungssprache in dieser Weise überhand nimmt, kann man sich mit einer differenzierten bzw. ironisierenden Sprache, die auch wieder einen gewissen Abstand zu sich selbst bedingt, nicht mehr dazwischenzwängen. Weil es Sprachen sind, die auf verschiedenen Schienen laufen. Also muss Literatur vielleicht das werden, was sie immer schon war: etwas Persönliches, etwas Privates. Deshalb habe ich hier auch fürs Erste meine Stücke zurückgezogen.

Literatur ist somit kein Gegengift der Zeit?

JELINEK: Das kann Literatur, das kann Kunst nicht leisten. Ich glaube, dass die Sprache der Politik die Sprache der Literatur zerstören würde. Man kann sie nur parodieren. Ich wende sie sozusagen zurück – also gegen den Sprecher. Wobei diese Leute, die uns jetzt regieren, mit einem Text wie „Das Lebewohl" überhaupt nichts anfangen können. Weil es ein Sprechen ist, das mit Ironie arbeitet. Und Ironie bedeutet ja Abstand von sich selbst. Und diese Leute haben keinen Abstand von sich selbst.

15. Juli 2000, Café Imperial

ELFRIEDE JELINEK

Geboren 1946 in Mürzzuschlag (Steiermark). Studium der Kunstgeschichte und Theaterwissenschaften in Wien. 1971 Orgelabschlussprüfung am Wiener Konservatorium. Beginnt ihre schriftstellerische Tätigkeit Mitte der 60er Jahre. Erste Gedichte („Lisas Schatten") und Hörspiele, u. a. „wenn die sonne sinkt ist für manche schon büroschluß", „Die Bienenkönige". Zu ihren wichtigsten Romanen zählen u. a. „Die Liebhaberinnen" (1975), „Die Ausgesperrten" (1980), „Die Klavierspielerin" (1983), „Lust" (1989) „Die Kinder der Toten" (1995), „Gier" (2000). Mit ihren Dramen entwarf Elfriede Jelinek eine neue Bühnen-Ästhetik und zählt zu den meistgespielten zeitgenössischen DramatikerInnen im deutschsprachigen Raum – u. a. mit den Theaterstücken „Wolken.Heim" (1988), „Totenauberg" (1992), „Raststätte" (1994), „Stecken, Stab und Stangl" (1996), „Ein Sportstück" (1998), „Macht nichts" (2001), „Der Tod und das Mädchen" (2002). 1986 wurde Jelinek mit dem Heinrich-Böll-Preis ausgezeichnet, 1998 erhielt sie den Georg-Büchner-Preis. Im Jahr 2002 folgte der Heinrich-Heine-Preis sowie der Berliner Theaterpreis.

IRENE COMPTON

Seit 1998 Professorin an der Xavier University, Cincinnati, USA. Leiterin des Germanistik-Instituts mit Forschungsschwerpunkt „Deutschsprachige Literatur aus dem 19. und 20. Jahrhundert". Zahlreiche Vorträge und Publikationen über Heinrich Böll (u. a. „Kritik des Kritikers: Bölls Ansichten eines Clowns und Kleists Marionettentheater"; 1998), Elfriede Jelinek und Robert Menasse. Gastvorträge u. a. an der University of Tennessee, der University of Louisville, am Wilmington College (Ohio) sowie an der University Nebraska.

Die obszönen Seiten des Blicks

DICHTUNG UND WAHRHEIT: MARIE-THÉRÈSE KERSCHBAUMER IM DISKURS MIT KONRAD PAUL LIESSMANN

Die Geschichte der Philosophie ist nicht zuletzt auch eine Erzählung von den Wegen und Irrwegen des menschlichen Geistes. Allerdings eine Erzählung, die den Kriterien der Logik unterliegt und im Gegensatz zur Literatur Fiktion und Wirklichkeit streng voneinander zu trennen hat. Während Künstler Schöpfer von neuen Welten sind und die Willkür ihr erstes und letztes Gesetz ist, liegt die Kunst des Philosophen in einer logisch konsistenten Argumentation. Obgleich beide „unterwegs" im Medium Sprache sind, initiiert gerade diese scheinbare Parallele signifikante Unterschiede, die Marie-Thérèse Kerschbaumer mit dem Philosophen Konrad Paul Liessmann erörterte.

Sind Kunst und Philosophie Konkurrenten in Bezug auf die Suche nach der Wahrheit?

MARIE-THÉRÈSE KERSCHBAUMER: Bei uns beiden ist es nicht so. Denn für mich ist das, was Konrad Paul Liessmann sagt, sehr beflügelnd. Generell ist selbstverständlich immer eine Konkurrenzsituation da gewesen. Literatur ist eine Sache der Sprache, aber auch Philosophie. Wenn aber die Sprache vom Philosophen nicht gekränkt wird, ist schon einmal eine Tür offen.

KONRAD PAUL LIESSMANN: Es stimmt natürlich, dass beide im Medium der Sprache arbeiten. Trotzdem kann ich es verstehen, wenn es von Seiten der Philosophie diesen fast neidischen Blick auf die Literatur gibt. Weil der Literat wesentlich souveräner über die Sprache verfügen kann und darf. Wohingegen der Philosoph einerseits an der Wirklichkeit gemessen wird, auf die er sich bezieht, und andererseits an der Logik seiner Argumentation. Das heißt, es ist eine andere Form von Sprache.

KERSCHBAUMER: Ich glaube allerdings, dass man einen Fehler macht, wenn man von der Philosophie etwas Neues erwartet. Ich weiß nicht, ob es überhaupt etwas Neues gibt. Wir denken ja gleichzeitig im Alten und in der Gegenwart.

LIESSMANN: Eine antike Weisheit lautet: Es gibt nichts Neues unter der Sonne. Die Moderne ist die Epoche, die nicht nur davon überzeugt ist, dass es das Neue gibt, sondern auch, dass das Neue immer das Bessere ist. Es ist völlig klar: Was alt ist, ist schlecht, was neu ist, ist gut.

KERSCHBAUMER: Das ist Händlerjargon.

LIESSMANN: Ist es wirklich Händlerjargon?

KERSCHBAUMER: Man will immer wieder etwas anderes verkaufen – und zwar auf Kosten der Substanz der westlichen Welt. Es ist immer noch Substanz da, die man zerstören kann, um daran zu verdienen. Siehe die Wiener Innenstadt. Oder diese unendliche Warenproduktion, die ja auf Kosten der Ressourcen der Umwelt geht. Diese Argumentation gibt es nur in der westlichen Welt. Es ist aber meine Welt und ich habe keine bessere, darum leide ich darunter, dass so wenige die Kraft besitzen, sich zu wehren. In dieser Situation kommst du mit diesem zentnerschweren Buch „Philosophie des verbotenen Wissens. Friedrich Nietzsche und die schwarzen Seiten des Denkens". In den Kapiteln über den Ekel, die Schönheit bzw. über den obszönen Blick werden ganz wichtige Probleme angeschnitten. Und dann frage ich mich, warum ekle ich mich jetzt so besonders?

LIESSMANN: Wovor ekelst du dich?

KERSCHBAUMER: Zunächst einmal ekle ich mich vor der Bosheit. Die Wiederholung alter Fehler, die Klischees, die Kunstberichterstattung – all das ekelt mich an. Aber um auf den obszönen Blick zurückzukommen: Muss man sich wirklich alles anschauen? Was über uns hereinbricht, habe ich übrigens seit dem Fall der Mauer kommen gesehen. Niemand soll glauben, dass alles hier so bleibt, wie es ist.

LIESSMANN: Was hast du kommen sehen?

KERSCHBAUMER: Das Elend, das hereinbricht. Wir sehen jetzt Dinge in der Straßenbahn, die wir früher nicht gesehen haben. Ich glaube nicht, dass ich ekelerregende Visionen habe. Der Verfall kommt ja mit der zuwandernden Armut und mit der zuwandernden Gesetzlosigkeit. Das ist die Lage, die wir hier haben. Jeder beansprucht für sich die Ausnahme und übertritt alle Regeln. Mir ist schon klar, dass man das als reaktionäres Gerede

Konrad Paul Liessmann: „Die Regelwerke wuchern so sehr, dass ich eher ein Zuviel an Regeln und Gesetzen als größere Gefahr sehe."

bezeichnen kann, aber ich habe keine Ängste mehr, diese Dinge zu sagen. Niemand fordert mehr das Einhalten von Regeln und Gesetzen. Es wird eines Tages so weit kommen, dass die Sicherheit weg ist.

LIESSMANN: Ich weiß nicht, ob deine These einer zunehmend gesetzlosen Zeit zutreffend ist. Das sind höchst ambivalente Prozesse. Auf der einen Seite stimmt es: Deregulierung ist jetzt das Schlagwort. Zumindest auf dem Markt sind so wenig Regeln wie möglich angeblich das Beste. Und weil der Markt das Prinzip ist, das wir als neuen Gott verehren, übertragen wir das auf viele Bereiche. Aber auf der anderen Seite gibt es genau-

so eine Zunahme von Regeln. Auch die so genannte *Political Correctness* hat Sprachregeln geschaffen, gegen die man einfach nicht verstößt, selbst wenn man deren Sinnhaftigkeit nicht einsieht. Man sagt nicht mehr „Neger“. Man sagt „Schwarzafrikaner“ und man kann noch so sehr darauf verweisen, dass das Wort „Neger“ aus dem Lateinischen kommt und Schwarzer heißt. Darüber hinaus gibt es aber auch den Ruf nach neuen Regelwerken, was bestimmte Entwicklungsmöglichkeiten in der Wissenschaft und Technologie anlangt. Die Regelwerke wuchern so sehr, dass ich eher ein Zuviel an Regeln und Gesetzen als größere Gefahr sehe.
Ähnlich ist es auch mit dem Problem der Sicherheit. Natürlich führen die Migrationsbewegungen im jetzt größeren und offeneren Europa zu sozialen Reibungen. Und jeder hat von Seiten der Befürworter dieser Öffnungen gelogen, der gesagt hat, es wird nur positive Folgen geben. Aber die Frage ist, ob es wirklich so einen dramatischen Verlust von Sicherheit bedeutet.

KERSCHBAUMER: Ich ziehe nicht zurück, aber vielleicht meinte ich eher ein Überhandnehmen von fehlendem Unrechtsbewusstsein – auch bei der eigenen Bevölkerung. Oder Rücksichtslosigkeit, die sich schamlos zeigt.

LIESSMANN: Das ist jetzt aber etwas anderes. Fehlendes Unrechtsbewusstsein hat es immer schon gegeben. In Bezug auf die Rücksichtslosigkeit sind wir wieder beim obszönen Blick, nämlich bei der Kehrseite des obszönen Blicks.

Was meint die Theorie des obszönen Blicks konkret?

LIESSMANN: Der obszöne Blick hat zwei Seiten. Der obszöne Blick schlechthin ist derjenige, der tatsächlich durchdringen will. Es gibt zum Beispiel nichts Obszöneres als Psychoanalyse.

KERSCHBAUMER: Da sind wir einer Meinung.

LIESSMANN: Jetzt kann man natürlich sagen, dass wir in einer Gesellschaft leben, die ein sehr eigentümliches Verhältnis zu diesem obszönen Blick aufgebaut hat. Keine Gesellschaft vor uns hatte so eine Omnipräsenz von Video- und Überwachungskameras. Auf der anderen Seite gibt es auch den obszönen Blick von der Perspektive, dass man sich selber einem solchen Blick präsentiert. Eine der für mich interessantesten Phänomene in

Marie-Thérèse Kerschbaumer: „Niemand fordert mehr das Einhalten von Regeln und Gesetzen."

dieser Hinsicht sind diese Web-Cams im Internet, wo Menschen ihre alltäglichsten Verrichtungen weltweit übertragen. Da haben wir wirklich das Phänomen des doppelt obszönen Blicks.

KERSCHBAUMER: Es ist auch die Selbstachtung, die man schon längst verloren hat.

LIESSMANN: Die zuvor von dir angesprochene Rücksichtslosigkeit drückt sich ja dadurch aus, dass man das Recht für sich beansprucht, sich zu zeigen, und gleichzeitig den anderen dazu nötigt, zu sehen, was er mitunter nicht sehen will. Was wir vielleicht wirklich bis zu einem gewissen Grad verloren haben, ist das Recht auf Privatheit und Intimität.

KERSCHBAUMER: Wir haben ja die unerträglichsten Bilder der Werbung. Ich finde das geschmacklos und obszön.

LIESSMANN: Das ist ein ganz wesentlicher Punkt. Wenn der öffentliche Raum mit Bildern besetzt wird, hat man keine Möglichkeit mehr, sich dagegen zu wehren. Man muss sehen – und wer nicht sehen will, der gilt als intolerant. Die uns alle bedrängende Werbeästhetik orientiert sich ja nicht an der längst aufgebrochenen und sich von jeder Schönheit verabschiedet habenden Ästhetik der modernen Kunst, sondern an der klassizistischen Ästhetik.

KERSCHBAUMER: Schon in den 70er Jahren wurde von Schriftstellerinnen wie Jelinek oder Gerstl auf diese Tendenz zur Puppe, zur Unsterblichkeit aufmerksam gemacht.

LIESSMANN: Aber ist dieses Puppenhafte, diese Sehnsucht, die Zeit anzuhalten, nicht eine Ursehnsucht der Kunst selber?

KERSCHBAUMER: Ja, natürlich.

LIESSMANN: Es gibt von Adorno die interessante Theorie, dass die Urform der Kunst die Mumifizierung war. Verpuppung muss nicht nur als Erniedrigung gelesen werden.

KERSCHBAUMER: Nein, ich rede nicht von der Frau als Puppe, sondern vom Menschen als Manichino – diese halbgroßen Puppen, die mich als Kind sehr fasziniert haben.

LIESSMANN: Kleist hat das wunderbar formuliert, dass man die wirkliche Grazie, die vollkommene Schönheit nur in der Natur oder in der mechanischen Welt der Gliederpuppen findet.

KERSCHBAUMER: Mir widerstrebt, dass in der deutschsprachigen Literatur ein Übergewicht zu herrschen scheint, das nur auf die Zerstörung der Puppe abzielt. Sozusagen der Futurismus ad infinitum.

LIESSMANN: Ich kann das nicht ganz nachvollziehen, weil die große Zeit der Destruktivität in der Kunst eigentlich vorbei ist.

KERSCHBAUMER: Ich meine diese Faszination des Heruntermachens. Ich finde, es ist altmodisch, sich Gefühle zu versagen. Ich finde es altmodisch, sich nicht zu trauen, „Neger“ zu sagen. Dem Reinen ist alles rein: Ich habe beim Wort „Neger“ noch nie etwas Hässliches empfunden.

LIESSMAN: Nur, dieser Satz – „Dem Reinen ist alles rein“ – ist ein zutiefst urchristlicher Satz, weil er davon ausgeht, dass die innere Befindlichkeit eines Menschen darüber entscheidet, wie das, was er zum Beispiel sagt, auch zu bewerten ist. Sprache ist allerdings ein soziales Instrument. Diesem Satz von Wittgenstein, wonach die Bedeutung eines Wortes in seinem kollektiven Gebrauch liegt, kann man sich nicht ganz verschließen. Auf der anderen

Marie-Thérèse Kerschbaumer: „Die Menschen haben schon längst die Selbstachtung verloren."

Seite gibt es eine Eigendynamik der Sprache und der Worte. Man kann Sprache diskreditieren und missbrauchen, man kann aber auch den ursprünglichen Geist eines Wortes wieder gegen diesen Missbrauch mobilisieren. Und ich denke, das ist sowohl die Aufgabe des Schriftstellers als auch die des Philosophen.

KERSCHBAUMER: Noch einmal zurück zum Thema Ekel. Mich hat schon als Kind sehr geekelt, wenn die Erwachsenen gegessen haben. Es kommt natürlich dazu, dass das nicht meine Eltern waren, sondern teilweise Fremde. Heute ist es so, dass man ununterbrochen essende Leute sieht.

LIESSMANN: Ich finde diesen Hinweis auf essende Menschen interessant. Nietzsche war der Auffassung, dass die Urerfahrung des Ekelhaften der Genuss verdorbener Speisen war. Wenn man das weiterdenkt, ist das Ekelhafte überall dort gleichsam anwesend, wo es so etwas wie eine aufgezwungene Nähe gibt. Ekel stellt sich weiters bei Überfülle ein. Der Kapitalismus ist die erste Gesellschaft, die systematisch Überfluss erzeugt. Ich kann das gut nachvollziehen, dass ein sensibles Gemüt hier von Ekelgefühlen beschlichen wird. Das hat nichts mit der Missachtung von Menschen zu tun, sondern einfach mit dieser aufgezwungenen Nähe einer intimen Verrichtung.

KERSCHBAUMER: Ja, das ist es. Auch das Telefonieren.
LIESSMANN: Mir kommt vor, du hast eine große Sehnsucht nach zurückgezogener Vornehmheit.
KERSCHBAUMER: Das stimmt.

30. April 2003, Palais Schwarzenberg

MARIE-THÉRÈSE KERSCHBAUMER

Geboren 1936 in Garches bei Paris. Verbrachte ihre Kindheit in Costa Rica, danach bei den Großeltern in Tirol. Längere Aufenthalte in England und Italien. Lebt seit 1957 in Wien. 1963 Externistenmatura. Danach Studium der Romanistik und Germanistik, 1973 Promotion. Ihren ersten Band „Gedichte" veröffentlichte Kerschbaumer 1970 als Lektorin in Budapest, 1976 folgte der Roman „Der Schwimmer". „Der weibliche Name des Widerstands" (1980) wurde von Susanne Zanke verfilmt. 1981 Förderungspreis des Bundesministeriums für Unterricht und Kunst für Lyrik. 1995 Preis der Stadt Wien für Literatur. Zuletzt publizierte Kerschbaumer u. a. „Fern" (2000), „Versuchung" (2002) und „Orfeo" (2003).

KONRAD PAUL LIESSMANN

Geboren 1953 in Villach (Kärnten). Studium der Germanistik, Geschichte und Philosophie in Wien, 1979 Promotion, 1989 Habilitation. Professor am Institut für Philosophie an der Universität Wien. Essayist, Literaturkritiker und Kulturpublizist. Zahlreiche wissenschaftliche und essayistische Veröffentlichungen zu Fragen der Ästhetik, Kunst- und Kulturphilosophie, Gesellschafts- und Medientheorie. Wissenschaftlicher Beirat der Deutschen Gesellschaft für Ästhetik. 1989 Wissenschaftspreis der Stadt Wien. Seit 1996 wissenschaftlicher Leiter des „Philosophicum Lech". Österreichischer Staatspreis für Kulturpublizistik 1996. Kulturpreis der Stadt Villach 1998.

„Unser Grundübel ist die Gier“

MUT ALS MOTOR DES LEBENS: FREDA MEISSNER-BLAU UND MIGUEL HERZ-KESTRANEK

Freda Meissner-Blau gilt als Galionsfigur der grünen Idee. Der Mut zum Bewusstsein bzw. zur Eigenverantwortlichkeit sind zwei Themen, die auch mit der inneren Einstellung des Schauspielers Miguel Herz-Kestranek übereinstimmen, der nach eigenen Worten „seine jüdischen Wurzeln, seine christlichen und buddhistischen Erkenntnisse lebt“.

Wo haben Sie sich kennen gelernt?

MIGUEL HERZ-KESTRANEK: Im Zuge der Au-Besetzung im Winter 1984/85.

FREDA MEISSNER-BLAU: Speziell die Weihnachts- und Neujahrsnacht werde ich nie vergessen, als in der Innenstadt auf vielen Beisln und Kaffeehäusern stand: „Sorry, wir sind in der Au.“ Spätabends kamen dann auch Opernsänger und Burgschauspieler in dünnen Jäckchen, die wir erst einmal in Decken eingehüllt haben, damit niemand krank wird.

HERZ-KESTRANEK: Das war *der* Aufbruch Österreichs in ein Bewusstsein.

MEISSNER-BLAU: So etwas hat es vorher nicht gegeben.

HERZ-KESTRANEK: Vielleicht beim Staatsvertrag.

MEISSNER-BLAU: Das war Jubel, aber nicht dieses Bewusstsein.

Wieso war diese Art der Bewusstseinsbildung damals möglich?

MEISSNER-BLAU: Weil es quer durch alle Bevölkerungsschichten und Parteien ging. Hinzu kommt, dass die Österreicher durch die Zwentendorf-Volksabstimmung (im Jahr 1978, Anm.) erstmals erkannt haben, dass man aufrecht stehen kann und nicht vor der Obrigkeit zusammenklappen muss. Andererseits ging es in der Au – im Unterschied zu Zwentendorf – nicht um eine gefährliche Technologie, sondern um unsere Seelen.

Aber die Themen, die unsere Seelen bewegen, existieren heute ja auch. Beispielsweise die Globalisierungs-Problematik.

MEISSNER-BLAU: Die Skepsis gegen eine rein ökonomisch orientierte Globalisierung ist auch bereits recht verbreitet. Allein in Frankreich gibt es 60.000 Mitglieder, in Deutschland nicht viel weniger.

HERZ-KESTRANEK: Ich glaube, der Mut zum Bewusstsein ist gekommen. Heute entscheidet man sich: Will man so leben wie die breite Masse oder nicht.

MEISSNER-BLAU: Natürlich strebt die große Mehrheit immer noch nach profitorientierten Zielen. Trotzdem habe ich Hoffnung, dass die zigtausend Menschen, die ohne ein „Dankeschön" Einsparungsmaßnahmen zum Opfer fallen, sehr wohl dieses System hinterfragen werden.

HERZ-KESTRANEK: Das Problem ist, dass der Mensch leider gläubig ist und nicht wie im Buddhismus auf die eigene Erfahrung baut.

MEISSNER-BLAU: Die Menschen müssten die Fähigkeit zur Reflexion entwickeln. Nur werden sie nicht dazu erzogen.

Es ist ganz offensichtlich, dass Sie beide weitaus zurückgezogener leben als noch vor ein paar Jahren. Besteht trotzdem der Wunsch, in der Öffentlichkeit zu wirken?

HERZ-KESTRANEK: Da ist meine Haltung sehr gespalten. Die eine ist eine zynisch resignative, die andere eine verzweifelte und die dritte eine kämpferische. Auf der anderen Seite bin ich Buddhist, der einen Lebenssatz hat: „Nur durch innere Wandlung wandelt sich das Außen, auch wenn es noch so langsam nachfolgt." Darum bin ich hin- und hergerissen zwischen Agieren und subkutanem Wirken.

MEISSNER-BLAU: Das ist geradezu absurd parallel zu mir! Meine Hauptidee im öffentlichen Leben war, alle Energie und Ziele um das zu gruppieren, was mir so unendlich wichtig erschien: nämlich die Umwelt zu erhalten. Nach 25-jährigem Engagement habe ich mich zurückgezogen – aus persönlichen Gründen, aber auch, um Zeit zu finden, um nach innen zu gehen. Doch es passiert andauernd so vieles, das mich empört, dass es mit dieser Altersweisheit, die ich mir so gerne zugestanden hätte, eigentlich nichts wird. Weil ich das Gefühl habe, dass ich wieder auf die Barrikaden steigen würde, wenn es soweit ist.

HERZ-KESTRANEK: Wir stehen mitten in einem der größten Paradigmenwechsel.

Freda Meissner-Blau: „Der Schmerz über die Zerstörung korreliert mit dem Bewusstsein über die Kostbarkeit des Lebens."

MEISSNER-BLAU: Ich glaube, dass dieser Wechsel nicht ohne ein gewisses Maß an Transzendenz stattfinden kann. Es existiert so viel Schönheit und Güte auf unserer Welt, dass ich mit all dieser Einsicht der kosmischen Unendlichkeit nicht will, dass unsere Welt kaputtgeht. Der Schmerz über die Zerstörung korreliert mit dem Bewusstsein über die Kostbarkeit des Lebens. Das ist bei mir sehr stark ausgeprägt und verursacht meine Widersprüchlichkeit.

HERZ-KESTRANEK: Kann es nicht sein, dass einfach alles, was geschieht, ein Ausdruck dafür ist, dass die Spezies sich überlebt hat? Irgendwann ist ja auch der Säbelzahntiger ausgestorben.

MEISSNER-BLAU: Das würde ich aus der Sicht der Gehirnforschung verneinen. In unseren Impulsen werden wir immer noch sehr stark von unserem so genannten „Reptiliengehirn", also vom Stamm- oder Urhirn, regiert. Andererseits verfügen wir über einen so gut wie nicht genutzten Gehirnteil, wo die Empathie ihren Sitz hat. Es hat Jahrmillionen gebraucht, bis wir überhaupt zum Großhirn vorgedrungen sind. Das war eine ganz langsame Evolution.

Die Frage, die mich beschäftigt, ist folgende: Wäre es denkmöglich, diese Entwicklung – die wiederum ein paar Millionen Jahre

Freda Meissner-Blau: „Politik ist nichts für Empfindsame."

dauern würde, bis wir vernünftig und gütig sind – zu beschleunigen? Obgleich es immer auch schon weise Menschen gab.

HERZ-KESTRANEK: Die über dreitausend Jahre dasselbe gesagt haben.

MEISSNER-BLAU: Ist es denkmöglich, dass ebendieser Paradigmenwechsel auch ein Bewusstseinswechsel wird in Bezug auf die Evolution unserer Fähigkeiten? Das ist eine Hoffnung. Meine Sorge ist immer, dass die Zeit nicht reicht.

HERZ-KESTRANEK: Ich glaube, dass die Evolution viel langsamer ist als die Fähigkeit des Menschen, der Evolution partiell vorauszueilen. Die Evolution wird uns schon dorthin bringen, davon bin ich überzeugt, nur haben wir daneben auch Fähigkeiten entwickelt, genau das zu verunmöglichen. Im Grunde haben wir vor einer Minute das Rad entwickelt und fliegen schon auf den Mars.

MEISSNER-BLAU: Einstein hat einmal gesagt: Wir haben ein unerhörtes Wissen angehäuft, aber nicht die dazugehörende Weisheit.

Vor Jahren haben Sie den Ausdruck geprägt, dass man in der Politik entweder eine Elefantenhaut braucht oder eine große Portion Zynismus.

MEISSNER-BLAU: Ja. Die Politik ist nichts für Empfindsame. Auf der anderen Seite brauchen wir so dringend empfindsame Menschen in der Politik.

Miguel Herz-Kestranek: „Ich glaube, dass die Evolution viel langsamer ist als die Fähigkeit des Menschen, der Evolution partiell vorauszueilen."

HERZ-KESTRANEK: Das würde mich reizen. Dürfte ich mir etwas wünschen, wäre ich gerne ein Politiker – aber ohne Klubzwang! Also unangreifbar von den eigenen Leuten.

MEISSNER-BLAU: Da bräuchten Sie eine Tarnkappe. Das war mit ein Grund, weshalb ich aus dem Parlament gegangen bin. In meiner Blauäugigkeit habe ich geglaubt, dass man alle Herzen und Gehirne für sich gewinnen kann, wenn man gut arbeitet. Das war mein Irrtum. Ich habe sehr schnell gemerkt, dass die Entscheidungen nicht im Parlament fallen, sondern in geheimen Gremien, hinter fest verschlossenen Polstertüren.

Und wenn Sie sich etwas wünschen dürften?

MEISSNER-BLAU: Ich wäre sehr gerne Bürgermeisterin einer kleinen Stadt. Was man da alles machen könnte!

Sie sind also doch noch der Meinung, dass man persönlich etwas bewirken kann?

MEISSNER-BLAU: Ich glaube, allein der Wunsch, dass man etwas bewirken will, macht schon eine Veränderung.

HERZ-KESTRANEK: Aber es muss bei einem selbst beginnen.

Es gibt diesen schönen Satz von André Breton: Gleichgültigkeit ist die Freiheit der Sklaven.

HERZ-KESTRANEK: Nur hat das Wort Gleichgültigkeit in unserem

Sprachgebrauch einen Beigeschmack. Dabei ist es ganz toll! Etwas hat die gleiche Gültigkeit. Ob ich lebe oder tot bin – es ist gleichgültig.

MEISSNER-BLAU: Und so ist die Freiheit gemeint.

Gilt im Buddhismus nicht die Gier als eine Art „Todsünde"?

HERZ-KESTRANEK: Im Buddhismus spricht man zwar nicht von „Todsünden", aber es stimmt: Gier ist die Ursache allen Übels.

MEISSNER-BLAU: Das genügt ja! Das ist der Knackpunkt, wo alles herausfließt! Aus Gier werden Menschen geklont werden, Atomkraftwerke und Waffen gebaut usw.

HERZ-KESTRANEK: Aber um auf die Frage des aktiven Handelns zurückzukommen: Ich denke, dass der Mut zur Eigenverantwortlichkeit eine große Rolle spielen wird, wenn man all das, was wir bisher besprochen haben, zum Besseren führen will. Ich bin freiberuflich und merke, um wie viel mehr Mut ich dadurch habe.

MEISSNER-BLAU: Gleichzeitig muss man die Frage der Gier für sich selbst lösen. Für mich ist die Sache mit der Eigenverantwortung nur der erste Schritt. Es tut mir Leid, dass ich noch einen etwas pessimistischen Outlook dranhängen muss: Ich bin zutiefst davon überzeugt, dass das augenblickliche System, das uns in der ganzen Welt beherrscht, zusammenbrechen muss. Weil es der Planet einfach nicht tragen kann.

Aber es gibt ja auch Gegenbewegungen.

MEISSNER-BLAU: Natürlich gibt es in aller Misere eine ganze Menge hoffnungsvoller Nachrichten, die wieder Mut machen, zum Beispiel, dass es doch auch intelligente Industrielle gibt. Also Industrielle, die begreifen, dass ihnen der ganze Profit nichts nutzt, wenn es keine Luft mehr zum Atmen gibt. Aber vergleichsweise tut sich immer noch zu wenig.

Hat sich diesbezüglich seit Menschengedenken überhaupt etwas verändert?

MEISSNER-BLAU: Oh doch! Wenn ich allein bedenke, was die Französische Revolution bzw. die ganze Humanisierungswelle bewirkt hat. Da könnte ich ein Riesenplädoyer halten!
Dass Menschenrechte und Demokratie jetzt wieder im Zeichen der Gier malträtiert und zerdrückt werden, ist eine andere Frage.

Miguel Herz-Kestranek: „Ich bin hin- und hergerissen zwischen Agieren und subkutanem Wirken."

Und genau hier beginnt die Eigenverantwortlichkeit. Dass wir das nicht geschehen lassen. Weil der ganze Neoliberalismus nicht nur an die Brieftasche, sondern auch unter die Haut gehen wird.

23. November 2001, bei Freda Meissner-Blau

FREDA MEISSNER-BLAU

Geboren 1927 in Dresden (Deutschland). Volksschule in Linz, Höhere Bundeslehranstalt für wirtschaftliche Frauenberufe in Wien, Gymnasium Reichenberg (1945 Kriegsmatura). Studium der Medizin (6 Semester), Soziologie und Psychologie, Cambridge Certificate. Journalistin und freie Mitarbeiterin bei der UNESCO. Mehrjähriger Aufenthalt in Zaire (Republik Kongo). Langjähriges Engagement in der Umweltbewegung auf nationaler und internationaler Ebene. Vorsitzende von ECOROPA (European Group for Ecological Action), 1962–1968 Dolmetscherin (Nobel-Bozel) Paris. 1969–1972 Assistant International Social Science Council. 1985 Österreichischer Staatspreis für außerordentliche Verdienste im Umweltschutz. 1986 Kandidatin bei der Bundespräsidentschaftswahl. 1986–1988 Spitzenkandidatin für die Nationalratswahlen 1986, danach Obfrau des Grünen Klubs im Parlament.

MIGUEL HERZ-KESTRANEK

Geboren 1948 in St. Gallen (Schweiz). Nach der Matura und dem Wiener Reinhardt-Seminar u. a Engagements am Wiener Burgtheater sowie am Theater in der Josefstadt. Seit 1980 als freischaffender Künstler in den Sparten Film, Fernsehen, Kabarett, Literatur und Theater tätig. 1985 wurde Herz-Kestranek zum beliebtesten österreichischen Tatort-Kommissar gewählt. 1993 gründete er den VÖFS (Verband Österreichischer Filmschauspieler). Mitwirkung bei zahlreichen Fernsehspielen, u. a. an der Seite von Richard Burton und Vanessa Redgrave. 1998 gründete Herz-Kestranek die Großveranstaltung „Salzkammergut Advent“ in Bad Ischl. Seit März 2000 Vize-Präsident des Österreichischen P.E.N.-Clubs. Im Oktober 2000 wurde Herz-Kestranek, der auch Kuratoriumsmitglied des Dokumentationszentrums des Österreichischen Widerstands ist, mit dem Österreichischen Ehrenkreuz für Wissenschaft und Kunst ausgezeichnet.

„Ich bin auf einer Leidensspur“

LITERATUR ALS BEFREIUNGSAKT: FRIEDERIKE MAYRÖCKER UND KURT NEUMANN

Um zugunsten ihres literarischen Werks als Person in den Hintergrund zu treten, hat Friederike Mayröcker in Interviews schon des Öfteren Biographielosigkeit als Lebenshaltung für sich reklamiert. Eine Ausnahme machte die im Jahr 2001 mit dem Büchner-Preis ausgezeichnete Autorin hingegen im Rahmen eines „Wiener Salongesprächs“ mit Kurt Neumann und brachte unter anderem Kindheitserinnerungen sowie ihre Lebensgemeinschaft mit Ernst Jandl zur Sprache. Ausschlaggebend dafür war die tiefe Vertrauensbasis, die Mayröcker mit Kurt Neumann, der seit über 25 Jahren das Literarische Quartier in der Alten Schmiede leitet, verbindet.

KURT NEUMANN: Du hast ein sehr umfangreiches literarisches Werk publiziert. Man könnte sagen, dass du über 45 Jahre hindurch jedes Jahr etwa zwei Bücher herausgebracht hast. In welche Richtung ist dein Blick als Schriftstellerin gerichtet? Nach vorne oder gewissermaßen im Kreativen zurück?

FRIEDERIKE MAYRÖCKER: Ich schaue eher nach vorne und zerbreche mir den Kopf, was ich als Nächstes schreiben werde. Ich mache zwar punktweise Anleihen bei älteren Sachen, aber nur dort, wo ich das Gefühl habe, dass etwas noch ausbaufähig wäre.

NEUMANN: Zu welchem Zeitpunkt figuriert sich für dich das nächste Projekt?

MAYRÖCKER: Es ist meistens so, dass nach einer abgeschlossenen Arbeit das Gefühl aufkommt, dass ich nie etwas geschrieben habe bzw. nie mehr etwas werde schreiben können. Also eine völlige Leere im Kopf. Aber dann kommt allmählich der Punkt, wo sich wieder etwas Interessantes herauskristallisiert.

NEUMANN: Woher kommen die Impulse?

MAYRÖCKER: Überraschenderweise ist es so, dass mich Auftragsarbeiten sehr interessieren. Das Zweite ist, dass ich ohne mein Außenleben überhaupt nichts schreiben könnte. Das Dritte wäre dann die Arbeit mit Vorlagen, das heißt mit Bildern, wobei ich sowohl für alte Meister als auch für ganz moderne

Maler und Zeichner eine Vorliebe habe. Weiters durch Lektüre: Lyrik, Prosa, aber auch Briefe bzw. die Sichtung von altem Material. Darin bin ich die letzten Monate sehr emsig gewesen. Ich habe im unteren Zimmer massig altes Material gefunden. Schönes altes Material, das ich Gott sei Dank noch entziffern konnte.

NEUMANN: Handschriftliche Notizen?

MAYRÖCKER: Ja, zum Teil auf abgerissenen Notizzetteln.

NEUMANN: Weil du zuvor die Lektüre angesprochen hast: Was liest du zur Zeit?

MAYRÖCKER: Momentan lese ich sehr häufig Dinge, die ich schon einmal gelesen habe. Zum Beispiel Derrida, „Die Postkarte". In der Vergangenheit war für mich Hölderlin immer ganz wichtig, aber auch Arno Holz. Komischerweise habe ich wenig Trakl gelesen, obwohl mich früher viele Menschen mit Trakl zusammengespannt haben.

NEUMANN: War Lesen für dich schon in der Kindheit wichtig?

MAYRÖCKER: Ich muss leider sagen, dass zu Hause das Lesen nicht übermäßig gefördert wurde. Es waren furchtbare Zeiten für meine Eltern. Der Zusammenbruch 1934, die Gehaltskürzung meines Vaters auf das Mindestniveau etc. Man hat andere Sorgen gehabt, als auf meine Lektüre zu achten.

NEUMANN: Das Lesen hast du dir sozusagen selber erobert.

MAYRÖCKER: Ja.

NEUMANN: Was ich mir vorstellen kann, was du doch mitbekommen hast, von deiner Mutter, die Puppen entworfen hat, ist, auf einen Stoff zuzugreifen, um daraus eine Form zu machen.

MAYRÖCKER: Das ist ganz richtig. Wir haben die gleiche Arbeitsweise – wenn auch auf einem anderen Gebiet. Meine Mutter war Modistin und hat dann auf Teppichknüpfen umgesattelt. Erst viel später hat sie diese Puppenarbeit wieder aufgegriffen. Aber was unsere Arbeitsweise betrifft: Auch sie hat auf einem großen Tisch alles versammelt, was sie für ihre gestalterische Arbeit benötigte. Und genauso mache ich das auch. Ich decke mich mit Material zu.

NEUMANN: Diesen Eindruck könnte man ja haben, dass du in deiner literarischen Gestaltung eher vergleichbar wie ein bildender

Friederike Mayröcker: „Es war eine Erlösung, wie ich 1969 den Abschied von der Schule genommen habe."

Künstler vorgehst denn im Sinne einer klassischen Entwicklung von Motiven.

MAYRÖCKER: Das könnte man sagen, ja.

NEUMANN: Zurück zu deiner Kindheit: Wann ist es mit dem Schreiben so richtig losgegangen?

MAYRÖCKER: Mit 15.

NEUMANN: Hast du bald genau gewusst, was du willst?

MAYRÖCKER: Nein. Ich wusste nur, ich muss schreiben. Was genau, habe ich mir nie vorstellen können. Ich muss vorausschicken, dass wir bis zu meinem elften Lebensjahr die Sommermonate immer in Deinzendorf verbracht haben. Das war für mich der große Kosmos, der mir zugewachsen ist. Ich habe dort eine wunderbare Kindheit gehabt und mir alles einverleibt, was an Natur aufzufinden war. Ich erinnere mich, dass ich nachmittags stundenlang beim Brunnen gesessen bin und auf meiner Mundharmonika herumgespielt habe, ohne irgendeine Melodie herauszubringen. Damals hatte ich genau dasselbe Gefühl wie jetzt, bevor ich zu schreiben beginne. Eine Art Melancholie oder Wehmut. Damals wusste ich noch nicht, was es bedeutet. Heute weiß ich, dass es die Vorbereitungszeit für meine Schreibanfänge mit 15 war.

NEUMANN: Melancholie im Sinne einer Leere, in die sich ein Gedanke verfestigt?

MAYRÖCKER: Es ist mehr die Wehmut oder das Trauern um irgendetwas gewesen. Aber mit sieben Jahren habe ich ja noch um nichts getrauert. Es sei denn, ich habe einen toten Schmetterling gefunden oder eine halbkaputte Katze. Da habe ich natürlich geheult, das tut jedes Kind. Aber es war eben dieses Gefühl: Ich bin auf einer gewissen Leidensspur. Und das hat sich fortgesetzt.

NEUMANN: Kannst du das erste Gedicht benennen, wo du den Eindruck hattest: Das ist jetzt ein fertiges Gedicht?

MAYRÖCKER: Das Interessante ist, dass ich nicht mit Gedichten begonnen habe, sondern mit Prosa. Die habe ich nicht in ein Notizheft geschrieben, sondern in ein so genanntes Stammbuch. Das hatte man damals, damit sich Freundinnen und Lehrer darin verewigen konnten. In dieses Stammbuch habe ich meine ersten Prosaversuche hineingeschrieben. Ich weiß nicht mehr, wo dieses Buch ist. Es ist verschwunden, Gott sei Dank. Das waren die ersten Schritte. Erst später, als im Jahr 1946 die Literaturzeitschrift „Der Plan" herausgekommen ist, habe ich meine ersten Gedichte veröffentlicht. Aber so richtig angefangen zu schreiben habe ich erst, als die Möglichkeit da war, das erste Buch bei Rowohlt zu veröffentlichen. Das war „Tod durch Musen" und der Ernst hat „laut und luise" herausgegeben. Da haben wir beide gesagt: So, jetzt haben wir das erste Buch und jetzt wird weitergearbeitet.

NEUMANN: Das war für euch beide einerseits parallel zur Situation des Unterrichtens, auf der anderen Seite schon eine Weile, nachdem ihr euch kennen gelernt habt. Hattet Ihr euch auf Grund eurer literarischen Arbeiten gefunden?

MAYRÖCKER: Ja, ausschlaggebend war die Innsbrucker Jugendkulturwoche. Wir haben uns dort zwar nicht das erste Mal, aber erstmals bewusst gesehen. Da haben wir begonnen, über Poesie zu sprechen, über unsere Ansichten.

NEUMANN: Welcher Impuls war rückblickend stärker: eure autonome, gestalterische Arbeit oder die Bestrebung, sich gegen bestehende sprachliche Konventionen zu richten?

MAYRÖCKER: Unsere Arbeit war nicht gegen etwas Bestimmtes

„Ernst Jandl ist als Meister vom Himmel gefallen.“

gerichtet. Man könnte sagen, dass ich zu Beginn Erlebnistexte verfasst habe. Durch die Berührung mit Artmann und Rühm haben wir beide aber das Gefühl gehabt, dass wir anders arbeiten müssen. Daher habe ich mit der Montage begonnen und der Ernst hat sich sehr an die Dada-Bewegung angelehnt. So hat sich unser Schwerpunkt auf das Experimentelle verlegt. Das haben wir dann bis zum Äußersten getrieben.

NEUMANN: Zu dem Zeitpunkt warst du noch an der Schule tätig?

MAYRÖCKER: Ja. Ich habe 24 Jahre an der Schule gearbeitet – das war sozusagen mein letztes Aufgebot. Ich konnte nicht mehr und habe es gewagt, ein halbes Jahr unbezahlten Urlaub zu nehmen. Ernst hat sich dann auch unbezahlten Urlaub genommen und wir haben gemeinsam vier Hörspiele gemacht. Das war auch die einzige Arbeit, außer einem Fernsehfilm, die wir gemeinsam gemacht haben.

NEUMANN: Habt ihr euch als Außenseiter empfunden?

MAYRÖCKER: Ja.

NEUMANN: Auch gegenüber einem so gefestigten Gruppengeschehen wie dem der Wiener Gruppe, die ja intern sehr starke kommunikativ-ästhetische Bande gehabt hat?

MAYRÖCKER: Die Diskrepanz war die, dass wir einfach aus Zeitgründen nicht mitkonnten. Wir hatten die Vormittage und halben Nachmittage mit Schulpflichten vollgeräumt. Für mich blieben also nur die Spätnachmittage, weil ich nie eine Abendarbeiterin war. Es war eine Erlösung, wie ich 1969 den Abschied von der Schule genommen habe und mich mit Enthusiasmus der Literatur widmen konnte.

NEUMANN: Wart ihr füreinander auch die erste kritische Instanz oder habt ihr euch vor Kommentaren in Acht genommen?

MAYRÖCKER: Der Ernst hat mir jedes Gedicht, das er gemacht hat, immer am Abend gezeigt. Das war natürlich wunderbar. Wir sind dann stundenlang gesessen und haben dieses Gedicht angeschaut. Ich hatte allerdings nie einen Grund, irgendetwas zu korrigieren. Er ist sozusagen als Meister vom Himmel gefallen.

NEUMANN: Hast du ihm alle Texte gezeigt?

MAYRÖCKER: Nein, auch deshalb, weil ich damals schon Prosa gemacht habe. Erst als der Übergang zur nicht mehr so experimentellen Phase vollzogen war, habe ich wieder alles hergezeigt. Das war 1973 mit „je ein umwölkter gipfel".

NEUMANN: Gab es im Laufe deines Schreibens eine vernichtende Kritik, etwas, das dich sehr stark irritiert hat?

MAYRÖCKER: Wenn ich an die experimentellen Jahre denke, hat es sehr wohl vernichtende Kritiken gegeben. Ich wurde durch diese Kritiken wirklich zermürbt und habe mich immer gefragt, warum sich der Literaturwissenschaftler nicht in den Text einfühlen kann. Der Ernst hat mir da sehr viel Schützenhilfe gegeben und mir gesagt: „Schau dir das gar nicht an und arbeite in deiner Weise weiter." Das war auch das einzig Richtige, was ich tun konnte. Generell habe ich nie etwas vor der Zeit aus der Hand gegeben, wenn ich nicht völlig davon überzeugt war.

NEUMANN: Speziell ab 1980, als die umfangreichen Prosaarbeiten entstanden sind, stellt sich für mich die Frage, wie du feststellen konntest, wann eine Arbeit für dich abgeschlossen war. In deinen Texten gibt es ja keine herkömmliche Entwicklung einer Fabel. Motive werden viel eher nach musikalischen Prinzipien entwickelt. Wie konnte sich da das Gefühl einstellen: So, jetzt ist die Sache fertig?

MAYRÖCKER: Bei „Reise durch die Nacht" gibt es ja zum ersten und einzigen Mal eine richtige Story. Man steigt in Paris in den

Kurt Neumann: „Für den Schreibenden selbst hat die Literatur ein reiches Register an Glücksmöglichkeiten parat."

Nachtzug ein und kommt am Morgen in Wien an. Obwohl mir diese Lösung zu Beginn gar nicht so logisch vorgekommen ist. Das hat sich erst im Prozess des Schreibens herauskristallisiert. Bei allen anderen Büchern habe ich einfach aufgehört, weil ich erschöpft war. Eine Ausnahme ist „brütt". Da hatte ich das Gefühl, ich muss sofort weiterschreiben.

NEUMANN: Hast du – trotz der ganz unterschiedlichen Texte – eigene Lieblingsarbeiten?

MAYRÖCKER: „brütt oder Die seufzenden Gärten" ist im Grunde mein Lieblingsbuch. Aber ich habe im Vorjahr und heuer für die 40-Jahre-Suhrkamp-Edition eine neue Prosa gemacht und freue mich so auf dieses Buch, wie ich mich schon lange nicht auf eine Publikation gefreut habe.

NEUMANN: Gibt es für dich etwas Benennbares, was Literatur können sollte oder müsste?

MAYRÖCKER: Ich glaube nicht an das Wort, dass Kunst oder Literatur sensibilisiert. Natürlich ändert sich etwas für jene, die nach guten literarischen Werken greifen. Nur kann ich es nicht benennen.

NEUMANN: Für den Schreibenden selbst hat Literatur ein reiches Register an Glücksmöglichkeiten parat, beispielsweise, wenn sich das Gefühl einstellt: Jetzt hat man irgendetwas erlöst und einer neuen Wirk- oder Schwingmöglichkeit zugeführt.

MAYRÖCKER: Das ist ganz richtig. Ich war nach dem Tod von Ernst selber fast halbtot, und es hat mich nur gerettet, dass ich meinen ganzen Schmerz im „Requiem für Ernst Jandl“ hinausschreien konnte. Dass es immer noch möglich ist, sich durch das eigene Schreiben ein wenig von dem Schmerz und von dem Schrecken zu erlösen, ist ganz wichtig.

NEUMANN: Bekommt man dieses Gefühl auch von anderen literarischen Werken vermittelt?

MAYRÖCKER: Ich habe das immer wieder bei Roland Barthes bemerkt und auch bei Derrida, Duras und Claude Simon. All diese Autoren haben mir unerhört viel gegeben und mich in irgendeiner Weise auch zum Arbeiten angeregt.

NEUMANN: Du hast eine sehr klare Vorstellung von Genauigkeit.

MAYRÖCKER: Ich überarbeite sehr oft und brüte so lange über einem Text, bis ich das Gefühl habe: Genauer geht es nicht mehr.

NEUMANN: Das für dich Richtige erweist sich im Eindruck eines stimmigen, komplexen Bildes?

MAYRÖCKER: Vor allem in der Stimmigkeit der Sprache. Besonders bei Gedichten. Es hilft mir sehr, wenn ich den Text leise lese. Dort, wo ich beim Lesen stolpere, weiß ich, da ist ein Fehler.

NEUMANN: Jetzt war doch der Ernst nicht nur ein poetischer, sondern auch ein politischer Kopf. Wie ist da euer Gedankenaustausch gewesen?

MAYRÖCKER: Ich muss sagen, dass wir im Großen und Ganzen höchst wenig über Literatur und Politik gesprochen haben. Das ist wahrscheinlich das Einmalige an unserer Gemeinschaft, dass wir uns fast ausschließlich auf der menschlichen Ebene gefunden haben. Es war eine Verständigung rundum.

NEUMANN: Er hat sich auch um viele seiner Kollegen berufsständisch Sorgen gemacht. Wobei ihr – bei großen Veranstaltungen – oft gemeinsam aufgetreten seid.

MAYRÖCKER: Ja, ich habe da gleichgezogen, obwohl mir die ganze Sache manchmal fremd war. Noch in derselben Woche, in der Ernst Jandl freitags gestorben ist, haben wir am Montag im Literaturhaus um Subventionen gekämpft.

Noch eine Frage zu Ihrer Person: Was wenige wissen, ist die Tatsache, dass Sie Medizin studiert haben. Wie kamen Sie zur Literatur?

NEUMANN: Das hat sich parallel vollzogen. Das literarische Leben hat für mich bereits in den ersten Jahren meines Medizin-Studiums begonnen, als wir in Oberösterreich ein Veranstaltungsprogramm ins Leben gerufen haben. Ich verstand sehr bald, dass Literatur eine Art Emanzipationsmittel ist, um von unklaren Befindlichkeiten zu einem klareren Ausdruck zu gelangen. Natürlich spielten auch entscheidende Begegnungen mit Autorinnen und Autoren eine Rolle. Friederike Mayröcker habe ich beispielsweise 1976 in Gmunden kennen gelernt.

Und Ihre eigene schriftstellerische Tätigkeit?

NEUMANN: Die erschöpft sich hauptsächlich im Schrift- und Briefwechsel mit Autoren und steht ein bisschen hintan, weil in der Alten Schmiede sehr viel zu tun ist. Einige Vorhaben gäbe es, aber wie wir auch von Friederike Mayröcker gehört haben: Es ist nicht ganz einfach, ein Berufsleben zu führen und sich gleichzeitig der ästhetischen Gestaltung literarischer Arbeiten zu widmen. Dieser Befreiungsakt steht mir noch bevor.

18. Februar 2003, Café Mozart

FRIEDERIKE MAYRÖCKER

Geboren 1924 in Wien. 1946 erste Veröffentlichung in der Literaturzeitschrift „Der Plan". 1946–1969 Englischlehrerin an Wiener Hauptschulen. 1951 Kontakt zu einem Kreis junger Autoren rund um Hans Weigel (u. a. Ingeborg Bachmann, Hertha Kräftner). 1954 Begegnung mit Ernst Jandl, mit dem Mayröcker eine „Liebes- und Lebensfreundschaft" bis zu dessen Tod im Jahr 2000 verband. Entwickelte eine metaphorisch geprägte Prosa von lyrischem Charakter, deren experimenteller Stil im gesamten deutschen Sprachraum neue Akzente setzte. Zu Mayröckers großen Prosa-Arbeiten zählen u. a. „Die Abschiede" (1980), „Reise durch die Nacht" (1984), „brütt oder Die seufzenden Gärten". Zahlreiche Publikationen im Bereich Lyrik, u. a. „Tod durch Musen" (1966), „Benachbarte Metalle" (1998), „Mein Arbeitstirol" (2002). Zwischen 1967 und 1971 verfasste Mayröcker eine Reihe von Hörspielen, u. a. das 1968 mit dem Hörspielpreis der Kriegsblinden ausgezeichnete Werk „Fünf Mann Menschen" (Gemeinschaftsprojekt mit Ernst Jandl). Zu Mayröckers wichtigsten Auszeichnungen zählen weiters u. a. der Große Österreichische Staatspreis (1982), das Österreichische Ehrenzeichen für Wissenschaft und Kunst (1987), der Friedrich-Hölderlin-Preis (1993), der Else-Lasker-Schüler-Lyrikpreis (1996) sowie der Büchner-Preis (2001).

KURT NEUMANN

Geboren 1950 in Gmunden. 1976 Promotion Dr. med. univ. in Wien. Seit 1977 verantwortlich für das Literaturprogramm der Alten Schmiede Wien. Literarische Publikationen seit 1982 in Literaturzeitschriften des deutschen Sprachraumes, u. a. in „Neue Rundschau", „manuskripte", „Wespennest", „protokolle"; in Anthologien, u. a. „Ablagerungen", Hg. E. Gerstl u. H. J. Wimmer (1989); „Österreich lesen. Texte von Artmann bis Zeemann", Hg. Helmut Eisendle (1995); „Österreich, Europa, die Zeit und die Welt, beobachtet von Schriftstellerinnen und Schriftstellern aus Österreich", Hg. Angelika Klammer und Jochen Jung (1998). Einzelpublikationen: „Gegen Weinen Gegen Klagen Gegen Hoffen Gegen Zagen", Oratorium für Sprechmedium (WDR, 1986); „Aus dem Uebungsheft zur Unterhaltungsliteratur" (1992). 1984 – erster *manuskripte*-Literaturpreis für Form und Fiktion.

Zwei Seelenverwandte in der Kunst

Josef Mikl und Justus Neumann über das kostbare Gut einer tiefen Freundschaft

Mit seiner Ausgestaltung des großen Redoutensaales in der Wiener Hofburg setzte sich Josef Mikl ein Denkmal. Malerei aus dem Geist der Farbe, die gleichzeitig einen Bezug zur österreichischen Literaturlandschaft herstellt. Jene starke Sogwirkung, die Josef Mikl via Bildersprache kreiert, schafft der Schauspieler Justus Neumann dank seines intensiven mimischen und gestischen Vokabulars. Zwei Künstler, die auf kreativer und menschlicher Ebene stark miteinander verbunden sind.

Haben Sie eine spezielle Affinität zum zweiten Bezirk, weil von Ihrer Seite der Wunsch kam, das „Salongespräch" hier im Lusthaus zu machen?

JUSTUS NEUMANN: Wenn meine Familie und ich in Wien sind, wohnen wir im zweiten Bezirk. Mein Freund Josef Mikl wohnt und arbeitet ebenfalls im zweiten Bezirk. Also lag es auf der Hand.

Die zweite Parallele, die mir auffällt, liegt in der Auswahl Ihrer Texte, wo Sie beide auf Nestroy, Kraus, Canetti und Raimund zurückgreifen. Was für Herrn Mikl beispielsweise Ausgangspunkt für seinen Werkzyklus in den Redoutensälen war, wird von Ihnen auf der Bühne dramatisiert. Ist das Zufall oder ein Resultat der Freundschaft?

NEUMANN: Sollen wir Seelenverwandtschaft sagen?

JOSEF MIKL: Wir kennen uns schon sehr lange. Wann war die Lesung im 20er Haus?

NEUMANN: Vor zirka 25 Jahren.

MIKL: Ja, Justus Neumann hat aus meinem Buch „Zauberpferd" gelesen. So lernten wir uns kennen. Dann haben wir uns immer wieder gesehen.

NEUMANN: Meistens bei Vernissagen oder bei Premieren. Aber die Vertrautheit war immer schon da. Das ist bis zu einem gewissen Grad bewegend, weil es etwas ganz Zartes ist, von dem man wahrscheinlich mehr zehrt als von komplizierten Freundschaften.

MIKL: Ja, ich könnte es auch nicht besser erklären. Was mir an Neumann gefällt, ist, dass er überhaupt nie in die Gewöhnlichkeit, in den Durchschnitt geht. Er ist weniger Burgtheater und mehr Zirkus Krone. Aber mehr Krone als Zirkus.

NEUMANN: Was uns noch verbindet, ist eine gewisse Menschenscheu, die wir auf einer Ebene auszudrücken suchen, die dann sehr kräftig sein kann. In Josefs Bildern steckt extrem viel Energie. Vielleicht ist das bei meiner Schauspielerei ähnlich. Ein Energiepotential, das eben raus muss.

MIKL: Justus Neumann ist auch Pantomime. Bei ihm geht das Spielen durch den Körper. Auf Grund seiner pantomimischen Art schafft sich Neumann den Raum, in dem er spielt.

NEUMANN: Das Mutige an Josefs Malerei ist, dass er für sich selber malt. Dadurch behält er sich eine gewisse Ehrlichkeit in dem, was er tut. Es ist ihm, glaube ich, so ziemlich egal, was wir darüber denken, solange für ihn die Emotion stimmt.

MIKL: In einer Zirkusmanege gibt es Elefanten, Hochseilakte, Akrobaten usw. Und dann kommen die Clowns. Jeder muss sich seinen Raum schaffen. Und das ist genau das, was Neumann macht. Er könnte ohne weiteres drei Sekunden nach einem Elefanten auftreten und die Leute würden vergessen, wie schwer ein Elefant ist.

Apropos Clowns. Wieso immer wieder die Liebe zu dieser Figur?

NEUMANN: Ich glaube, wir haben alle die Sehnsucht, das zu finden, was uns tatsächlich glücklich macht. Wenn ich den Josef – also meinen zweijährigen Sohn – anschaue, dann denke ich mir, dass er ganz bestimmt viele glückliche Momente hat, die so stark sind, dass ich sage: Dort hätten wir eigentlich hinwollen. Ich kann mir vorstellen, dass die Suche nach dem Clown oder die Suche nach sich selbst irgendwo die Sehnsucht ausdrückt, die Fantasie frei erleben zu können. Und diese Sehnsucht führt beim älteren Josef …

MIKL: Großvater Josef …

NEUMANN: … zu diesen Pinselstrichen. Das ist wie ein Liebesakt. Eines der letzten Dinge, wo man das Denken irgendwie wegdenkt. Wenn ich auf der Bühne stehe, bin ich mir immer sehr nahe.

Justus Neumann: „Uns verbindet eine gewisse Menschenscheu."

Wie reagiert in Australien das Publikum auf Ihre Produktionen?

NEUMANN: Ich habe ehrlich gesagt keine Lust, mich in Australien als Schauspieler zu etablieren. Weil ich glaube, dass ich sonst meinen Luftraum selbst durchkreuzen würde. Und Australien ist für mich Luftraum. Hier in Wien arbeite ich gerne. Da bin ich geboren und gehe auf meiner Erde.

Würde Sie auch die Ferne reizen?

MIKL: Nein. Ich würde sterben – auch als Tourist. Strecken jeglicher Art zurückzulegen ist nichts für mich. Der liebste Raum ist mir mein Atelier. Das ist meine Fremde. Wenn du sagst, du hast hier deine Erde, so ist es auch meine Erde und ich möchte auch am Friedhof in diese Erde – aber als Urne! Und in kein

Ehrengrab! Der Qualtinger liegt jetzt zwischen Typen, die er ein Leben lang nicht gemocht hat.

Mit Qualtinger gab es ja das Projekt einer Nestroy-Bühne.

MIKL: Ein Nestroy-Theater. Aber letztendlich wollten dann alle doch nicht.

NEUMANN: Mit dem Qualtinger habe ich auch ein paar Erlebnisse. Wir haben zweimal zusammengearbeitet. Und ein einziges Mal habe ich mich getraut zu sagen: Du, Quasi, die Pointe, die du da geschrieben hast, ist vielleicht nicht gut.

MIKL: Und dann war es aus.

NEUMANN: Dann war es aus. Also nicht wirklich aus, aber es hat ihm schon wehgetan.

MIKL: Er war sehr empfindlich. Ich habe ihn 1946/47 in der Weinberggasse in Döbling beim Branntweiner kennen gelernt. Dann kam die Freundschaft.

NEUMANN: Du hast ja den Krieg in Wien miterlebt.

MIKL: Ja, ich war versteckt, bin ja nie eingerückt, war nie bei der HJ – während Helmut immer gesagt hat: Meine Eltern waren Nazis. Darum wollte er nie heimgehen. Deshalb sind wir oft bis in die Morgenstunden um den Türkenschanzpark gegangen.

In den 60er Jahren hat Canetti bei einer Ihrer Ausstellungen gelesen.

MIKL: Ich habe 40 Goldsessel bestellt und 700 Leute eingeladen – gekommen sind 16. Damals hatte Canetti noch keinen Nobelpreis. Das ist wienerisch.

Glauben Sie wirklich, dass Wien diesbezüglich extrem ist, dass Niveau oft nicht erkannt und gefragt ist?

MIKL: Was das Theater, die Malerei und natürlich auch die Musik anlangt, ist es so. Sonst könnte es nicht passieren, dass ein Ligeti alt wird und überhaupt nicht gefeiert wird.

NEUMANN: Man kann es so sehen, aber auch anders. Ich habe nicht den Anspruch, Menschen verändern zu wollen. Es ist ja auch meine Entscheidung, ob ich an einem Theater reüssieren will oder nicht.

MIKL: Das stimmt, weil sonst wärst du ja nicht der Neumann, sondern ein behördlich konzessionierter Burgschauspieler. Ich bin jetzt 72 und habe mich immer durchgesetzt, immer das machen

Josef Mikl: „Bei Justus Neumann geht das Spielen durch den Körper.“

können, was ich wollte. Das ist vielleicht auch etwas, das uns verbindet.

NEUMANN: Gut, am Anfang – bei Hans Gratzer am Schauspielhaus – habe ich natürlich gespielt, was mir angeboten wurde. In den letzten 15, 20 Jahren hat sich das geändert.

Ist dieser Zuwachs an Freiheit nicht auch mit Druck verbunden?

NEUMANN: Natürlich. Der Existenzdruck ist enorm. Ich habe in meinem Leben eigentlich überhaupt keine Sicherheiten.

MIKL: Aber auch in deiner Zeit am Schauspielhaus hatte ich das Gefühl, dass Gratzer dich eben spielen lässt.

NEUMANN: Es war aber zugleich ein irrsinniger Leidensweg. Hans Gratzer hat mir das Vertrauen gegeben, dass ich einen König Lear spiele, aber ich bin fast daran zugrunde gegangen, weil er nicht erklären konnte, worum es beim Theaterspielen geht.

MIKL: Du hast es dir beigebracht.

NEUMANN: Ja, so wie man sagt: Durch Leiden lernt man.

MIKL: Du bist wahrscheinlich dein bester Regisseur. Anders kann man das nicht ausdrücken. Nestroy selbst war sein bester Regisseur.

NEUMANN: Trotzdem darf man das nicht unterschätzen. Deshalb habe ich ja auch mit Hanspeter Horner einen Regisseur zur Seite.

Wird auch in Australien gemeinsam geprobt?

NEUMANN: Ja, ich habe mitten im Busch einen Proberaum gebaut, wo wir uns zwei Monate auf die Produktionen vorbereiten. Hanspeter Horner ist ein sehr guter Dramaturg. Und über den Gerhard (Gruber, Anm.) brauchen wir gar nicht reden, weil ich keinen besseren Theatermusiker kenne. Trotzdem hat auch er zu kämpfen. Irgendwo ein Rätsel.

Weil Sie gerade dieses Thema ansprechen: Wieso passiert es, dass manche Künstler eben nicht das erreichen, was ihnen ganz objektiv zustünde?

MIKL: Ja, interessant, dass schlechtere Leute auf besseren Positionen sitzen. Braucht man gewisse Freunde? Sicher, sie müssen jemandem angehören, damit sie gefördert und befördert werden. Es ist kein ehrlicher Betrieb. Wie heißt es bei Nestroy? „Es gibt nichts ärgeres, das is gwiss, als ein Hausknecht, der Millionär worden is."

Aber ich kann nur wiederholen: Wenn ein Mensch sich seinen Raum selber schafft – wie ein guter Bildhauer seine Figur –, dann können 500 Touristen um diese Figur herumgehen und sind überhaupt nicht wichtig. Wichtig ist die Figur. Und ein Bild muss so gut sein, dass es den Leuten aufs Hirn klopft und gleichzeitig eine Ikone ist. Das Bild hat nur zwei Dimensionen, und in den zwei Dimensionen muss Raum sein.

NEUMANN: Ich finde das einen guten Vergleich. Wenn wir es als Mensch verstehen, unsere Aura auszuweiten, mehr zulassen, als normalerweise gesehen und gedacht wird, dann werden wir auch dementsprechend wahrgenommen. Viele Menschen haben dafür aber überhaupt keinen Sinn. Wenn man diese Wahrnehmung nicht besitzt, sieht man Mikls Bilder nicht, sieht man nicht, dass jemand den Raum mit seinem ganzen Herzblut ausfüllt.

MIKL: Dasselbe gilt auch für ein gutes Streichquartett – für mich die höchste Kunstform in der Musik. Die meisten Menschen halten das nicht aus. Die hören zum ersten Mal in ihrem Leben keine elektronisch verstärkte, sondern „echte" Musik. Und das vertragen sie nicht. Genau deshalb hat Neumann weniger Besucher. Die Leute halten das wirkliche Theater nicht aus. Sie können nicht mitgehen und schon gar nicht konsumieren.

Josef Mikl: „Der liebste Raum ist mir mein Atelier. Das ist meine Fremde.“

NEUMANN: Die Neugierde ist bei uns verloren gegangen. Das will ich jetzt nicht auf Österreich oder Wien beziehen. Es stimmt in Australien genauso wenig. Wir sind in eine Richtung gegangen, die selbstzerstörerisch ist. Wir konzentrieren uns auf das, was man sieht, aber nicht auf das, was unsichtbar ist. Und das Unsichtbare ist, glaube ich, der Bereich, wo wir hinmüssten.
MIKL: Und die Zeit drängt. Im Grunde hat niemand mehr Zeit. Die Atmosphäre hat keine Zeit. Die Bäume haben keine Zeit. Jetzt haben die Rindviecher und Schweine keine Zeit. Es wird furchtbar eng werden.
NEUMANN: Und da bin ich dann wieder stolz, dass es Menschen gibt, die in der ganzen Schwere noch versuchen, ihre eigenen Lieder zu singen. Auch wenn ich manchmal unglücklich bin, denke ich mir, dass ich mir doch irgendwie in die Augen schauen und sagen kann: Du bist nicht ganz vereinnahmt und manipuliert worden, sondern hast doch etwas Eigenes durchsetzen und erhalten können.
MIKL: Und dann wird oft die Vergangenheit kostbarer als die Zukunft.

20. März 2001, Wiener Lusthaus im Prater

JOSEF MIKL

Geboren 1929 in Wien. Studierte von 1946 bis 1948 an der Graphischen Lehr- und Versuchsanstalt in Wien, anschließend (bis 1955) an der Akademie der bildenden Künste bei Josef Dobrowsky. Mitglied des legendären Wiener Art Club, nach dessen Auflösung gemeinsam mit Wolfgang Hollegha, Markus Prachensky und Arnulf Rainer Mitbegründer der von Monsignore Otto Mauer geleiteten „Galerie nächst St. Stephan" in Wien. 1968 Vertreter Österreichs auf der 34. Biennale in Venedig. 1969 Berufung an die Akademie der bildenden Künste, wo Mikl von 1972 bis zu seiner Emeritierung (1997) die Meisterklasse für Naturstudien (Abendakt) leitete. 1990 Österreichisches Ehrenzeichen für Wissenschaft und Kunst. Sein Schaffen wird von einer langen Liste an Ausstellungen im In- und Ausland sowie von zahlreichen Publikationen begleitet. Mikl schuf die Decken- und Wandbilder im neu eröffneten Großen Redoutensaal der Wiener Hofburg (1997).

JUSTUS NEUMANN

Geboren 1948 in Wien. Ab 1975 Mitglied des Wiener Schauspielhaus-Ensembles. 1980 Gründung seiner eigenen Theatergruppe „Narrnkastl". 1984/1985 Preis für den „besten Schauspieler des Jahres". 1987 emigriert Justus Neumann mit seiner Familie nach Australien. 1993 Gründung des Theatervereins „Zirkus für einen aufgebundenen Bären". Zahlreiche Eigenproduktionen und Auszeichnungen, u. a. „First Love", „Das Liebeskonzil", 1984 (Preis der Stadt Wien); „Mir soll ins Herz gestochen werden", 1985 (Förderungspreis der Stadt Wien); „Die letzten Tage der Menschheit", 1995; „Die Bibel im Lusthaus", 1999; „Justus Neumann erschlägt sich mit dem Bügeleisen", 2001.

„Ich wurde immer falsch eingeschätzt"

Elfriede Ott und Heinz Nussbaumer über die Diskrepanz zwischen Klischeevorstellungen und Wirklichkeit

Elfriede Ott hat sich – wie kaum eine andere Schauspielerin – in die Herzen des Publikums gespielt und gilt im In- und Ausland als Personifizierung des typisch wienerischen Gemüts. Dass dieses Image nicht immer mit der Realität übereinstimmt, vertraute sie mit Heinz Nußbaumer einem Menschen an, der zu ihrem engsten Freundeskreis zählt. Heinz Nußbaumer war von 1990 bis 1999 Pressesprecher der Bundespräsidenten Waldheim und Klestil und ist seit Jänner 2003 Herausgeber der Wochenzeitung „Die Furche".

HEINZ NUSSBAUMER: Ich habe mich schon oft gefragt, wie es Künstler schaffen, ihren Freundeskreis einzugrenzen?
ELFRIEDE OTT: Das ist eine sehr heikle Frage. Ich habe das Gefühl, dass ich zwar viele, aber im Grunde weiter entfernte Freunde habe. Wir freuen uns, wenn wir uns treffen, sehen uns aber trotzdem nicht allzu häufig.
NUSSBAUMER: Und woran liegt das?
OTT: An der Art des Lebens. Ich bin ja überhaupt so eine Hausmaus.
NUSSBAUMER: Drängen sich nicht trotzdem unheimlich viele Leute heran?
OTT: Komischerweise nicht. Aber ich bin sehr eingekastelt.
NUSSBAUMER: Weil du es so willst?
OTT: Ich weiß nicht, ob ich es will – es ergibt sich so. Hinzu kommt, dass ich mit meinen Kollegen nicht wahnsinnig verbrüdert bin. Ich war immer ein bisschen außerhalb. In unserem Beruf kommt es sehr oft vor, dass jeder glaubt, von allem etwas zu verstehen, und Urteile abgibt. Ich habe mir oft einzelne Menschen in meinem Leben ausgesucht, wo ich mir gedacht habe: Das ist für mich ein Leitbild. Du bist für mich so ein Mensch.

NUSSBAUMER: Das freut mich, dass du das sagst. Aber jetzt zu etwas ganz anderem: Eine Sache, die mich seit Jahrzehnten interessiert und wo ich immer sicherer bin, dass es sich so verhält, ist die Tatsache, dass Menschen durch Willkür eine Haltung einnehmen, die sie bis ans Ende ihres Lebens verteidigen. Um über den Schatten einer einmal gefassten Prägung zu springen, muss man schon ein ganz großer, offener Geist sein. Vielleicht gelingt dir das besser: Du musst jede Rolle spielen können.

OTT: Ich bin überhaupt offen – auch für Meinungsänderungen.

NUSSBAUMER: Kann in diesem Sinne der Schauspielerberuf dazu führen, dass man innerlich offener ist als andere Menschen?

OTT: Wahrscheinlich.

NUSSBAUMER: Du musst ja jede Rolle mit innerer Überzeugungskraft spielen können.

OTT: Aber nicht mit einem festen Standpunkt.

NUSSBAUMER: Das heißt, du weißt gleichzeitig auch, wie relativ alles ist. So wie ein Schriftsteller, der ebenfalls offen sein muss. Wie hat Hans Weigel das gemacht?

OTT: Der war ein ausgesprochener – auch für sich selbst – meinungsgebildeter Mensch. Ich habe immer gesagt: Das, was er mit 13 Jahren behauptet hat, hat er auch noch mit 80 behauptet.

NUSSBAUMER: Hat er immer Recht behalten?

OTT: Immer kann ich nicht sagen. Aber er wusste unglaublich viel und hatte eine prophetische Ahnung. Oft hat er sich allerdings auch auf Standpunkte regelrecht hineingebohrt.

NUSSBAUMER: Mit einer bestimmten Emotionalität?

OTT: Mit einer totalen Überzeugung! Zum Beispiel, dass er den Schubert gegen den Wagner ausgespielt hat.

NUSSBAUMER: Hätte er auf Grund seiner Intellektualität auch den Wagner gegen den Schubert ausspielen können?

OTT: Nein, dafür war er vom Schubert zu überzeugt. Er hat nur einen Fehler gehabt, mit dem ich immer gekämpft habe: Dinge, von denen er überzeugt war, hat er, ohne die dahinterliegende Entwicklung zu beschreiben, einfach behauptet. Das hat viele Menschen vor den Kopf gestoßen und verfolgt ihn bis heute. In Germanisten-Kreisen kursiert zum Beispiel noch immer die Meinung, dass Torberg und Weigel den Brecht verhindert hät-

Elfriede Ott: „Man lebt viele Leben.“

ten. Aber der Weg, der ihn zu dieser Meinung geführt hat – den hat er nie wirklich aufgezeigt.

NUSSBAUMER: Ich habe bei mir oft den Eindruck, dass ich zuerst nahezu naturhaft auf der Seite dessen bin, von dem ich das Gefühl habe, er ist der Schwächere. Ich bin immer ein Underdog-Mensch gewesen und das verteidige ich oft bis über die Grenzen der Logik hinaus. Das führt dazu, dass ich mir selbst Vorwürfe mache und mir sage: Du bist nicht mehr gerecht.

OTT: Weil du nicht mehr imstande bist, das von allen Seiten objektiv zu sehen?

NUSSBAUMER: Nein, weil ich mir denke, dass der Schwächere zumindest einen braucht, der zu ihm hält. Deshalb habe ich auch das Amt des Bundespräsidenten immer für ein wichtiges gehalten. Der Bundespräsident ist im Idealfall auch die Stimme derer, die im Machtspiel nicht mit dabei sind.

Sind Sie immer noch dieser Meinung?

NUSSBAUMER: Mehr noch, als es wahrscheinlich in der politischen Praxis lebbar ist. Wenn ich an meine Zeit in der Präsidentschaftskanzlei denke, sehe ich den Bundespräsidenten an den späten Abenden mit den berührendsten Briefen aus der Bevölkerung sitzen. Es gibt in Österreich unglaublich viele Menschen, die an allen Hierarchien und Institutionen gescheitert sind – bis hinauf zum Ombudsmann oder zur Volksanwaltschaft.

OTT: Was meinst du mit „gescheitert sind"?

NUSSBAUMER: Die sich nicht adäquat ausdrücken können und nicht imstande sind, die für solche Fälle in der Demokratie vorgesehenen Institutionen auszunützen. Diese Leute haben in ihrer Vorstellung und letzten Verzweiflung de facto nur einen einzigen Ansprechpartner: Das ist der Bundespräsident. Und an den schreiben sie. Oft genug kannst du auch in der Rolle des Bundespräsidenten nicht helfen, aber du kannst den Menschen wenigstens Mut machen. Das allein ist schon Hilfe.

Jeder Brief wird beantwortet?

NUSSBAUMER: Jeder. Allein diese Funktion ist unendlich viel wert. Ich glaube, dass es in der Bevölkerung eine tiefe Sehnsucht nach Vorbildern gibt, aber wir haben in unserem Land – mit Ausnahme von Kardinal König – keine unumstrittene Persönlichkeit.

OTT: Ja, das ist wahr.

Hören Sie nicht selbst oft von Schülern, dass Sie ihr Vorbild sind?

OTT: Ich höre so etwas immer erst im Nachhinein. Der Hans war ja ein Weltmeister in dieser Hinsicht. Er hat Autoren, von denen er etwas gehalten hat, sehr unterstützt. Und die haben nie erfahren, dass er das war.

NUSSBAUMER: Wie geht eine Künstlerin wie du damit um, dass man ab einer gewissen Popularität das Zielobjekt von politischen Amtsträgern wird, die es einfach gern haben, dass man sich mit ihnen zeigt?

OTT: Das ist bei mir eigentlich nicht der Fall. Es gibt einen einzigen, den ich etwas näher kennen gelernt habe und der mir in seiner ganzen Einstellung sehr gut gefällt: Das ist der Erwin Pröll. Weil das ein Mensch ist, der eine Linie hat und wo ich sagen kann: Da stehe ich dahinter. Insgesamt bin ich in meinem Leben zwei Mal in ein Komitee gegangen: für Bundespräsident Klestil und für Erwin Pröll. Ansonsten bin ich in dieser Hinsicht eher zurückhaltend.

NUSSBAUMER: Hängt das vielleicht damit zusammen, dass du – wie du gesagt hast – ein Mensch bist, der um sich herum einen Kokon aufbaut?

Elfriede Ott: „Ich habe mich überhaupt immer von Menschen angezogen gefühlt, die witzig sind."

OTT: Nicht absichtlich. Es gibt ja niemand Einsameren als einen Schauspieler, der am Abend ins Theater geht, sich in die Garderobe setzt und schminkt, dann seine Rolle spielt, ein volles Haus mit jubelnden Leuten hat und danach mutterseelenallein nach Hause geht. Das habe ich mein halbes Leben getan. In Zeiten, wo ich die größten Erfolge hatte, hat mich das wahnsinnig frustriert.

NUSSBAUMER: Aber nach der Vorstellung kommen doch sicherlich Fans auf dich zu?

OTT: Ich bin so, dass ich mir denke: Hoffentlich geht mir keiner nach oder redet länger mit mir.

NUSSBAUMER: Das widerspricht natürlich total deinem Image.

OTT: Ja, total. Ich wurde eigentlich immer falsch eingeschätzt.

NUSSBAUMER: Gut, aber wenn das jeden Tag ein Frust ist, schlägt sich das nicht irgendwann auch gesundheitlich nieder?

OTT: Früher furchtbar. Wie ich jung war und extrem viel gespielt habe, war ich ständig krank. Diese ganzen Serien – eine Krankheit nach der anderen. Jetzt geht es mir viel besser.

NUSSBAUMER: Weil du damit umgehen kannst?

OTT: In gewisser Weise.

NUSSBAUMER: Oder richtet man sich Rituale ein?

OTT: Ein bisschen. Ich gehe zum Beispiel gemeinsam mit meinen engsten Freunden essen. Das ist eine gute Lebensqualität, die ich nie gehabt habe, obwohl der Hans bestimmt gerne in Lokale gegangen wäre. Aber damals wollte ich nicht. Man lebt viele Leben.

NUSSBAUMER: Bist du ein Mensch, der Einsamkeit fürchtet?

OTT: Furchtbar. Das war schon seit meiner Kindheit so.

NUSSBAUMER: Und das Malen und Schreiben ist keine Überwindung von Einsamkeit?

OTT: Nein. Das habe ich alles immer nur unter Zwang gemacht.

NUSSBAUMER: Das ist verwunderlich, weil im Theater macht man 30-mal die gleiche Vorstellung, wobei zwar jedes Mal bei immer mehr Menschen eine Emotion übrig bleibt …

OTT: Aber im Grunde ist alles, was in der Sekunde gelungen ist, weg.

NUSSBAUMER: Das ist beim Malen und Schreiben nicht der Fall.

OTT: Nein, aber das war nie so dominant.

NUSSBAUMER: Kannst du faul sein?

OTT: Nein.

NUSSBAUMER: Bei mir war es so: Mein Vater ist ein Monat vor meiner Geburt gestorben und für meine Mutter war ich immer der Mannersatz, der Vaterersatz. Ich bin von Jugend auf – zum Teil unausgesprochen – unter einem großen Leistungsdruck gestanden, den ich nur selber gespürt habe. Faulheit habe ich nie gelernt.

OTT: Weißt du, was verwunderlich ist? Eine Zeit lang habe ich doch einiges geschrieben. Immer wenn etwas über meine Kindheit aufgetaucht ist, war es total negativ. Und ich habe keine Ahnung warum. Ich hatte eine glückliche Kindheit.

NUSSBAUMER: Was war die glücklichste Phase deines Lebens?

OTT: Jetzt.

NUSSBAUMER: Wirklich wahr? Du lebst im Hier und Jetzt?

OTT: Immer. Obwohl ich irrsinnig an Hans Weigel gehangen bin und mir gedacht habe, wenn er sich einmal umdreht, bin ich tot. Ich war auch halbtot.

NUSSBAUMER: Hat Hans Weigel aus dir noch einmal was anderes gemacht?

Heinz Nußbaumer: „Ich glaube, dass es in der Bevölkerung eine tiefe Sehnsucht nach Vorbildern gibt."

OTT: Ja, unbedingt! Vor allem hat er mir zu meinem Selbstbewusstsein verholfen. Ich habe immer an mir gezweifelt.

NUSSBAUMER: Hat er auch deinen Wertekatalog geändert?

OTT: Er hat ihn überhaupt erst aufgeblättert und mir immer wieder klar gemacht, dass ich auf mich selbst hören muss.

NUSSBAUMER: Und du hörst jetzt auf dich oder auf den Hans Weigel in dir?

OTT: Das kann ich nicht beurteilen.

NUSSBAUMER: Hans Weigel war ein sehr politischer Mensch. Hat er dich auch in dieser Beziehung geprägt?

OTT: Nein, das kann ich nicht sagen. Das war nie ein Thema, wo wir Schwierigkeiten hatten. Wir haben sehr viel gelacht. Wo andere Menschen sich zerfleischen, haben wir sehr viel zerblödelt. Ich habe mich überhaupt immer von Menschen angezogen gefühlt, die witzig sind.

NUSSBAUMER: Wie geht es dir mit dem Theater von heute?

OTT: Ich bin das Gegenteil vom Fritz (Muliar, Anm.). Der Fritz ist ein ausgesprochener künstlerischer Fundamentalist. Er erträgt überhaupt nichts, was hinzuerfunden ist. So bin ich überhaupt nicht. Ich bin irrsinnig aufgeschlossen für das Neue. Es ist nur die größte Qual, die man leiden kann, wenn es fad ist.

Elfriede Ott: „Ich wurde immer auf eine gewisse Schiene gedrängt."

NUSSBAUMER: Und du meinst, das moderne Theater neigt eher dazu, langweiliger zu sein?

OTT: Ja. Meistens steht mehr das Bühnenbild, das Design, im Vordergrund. Auch diese wahnsinnige Brutalität ertrage ich schwer.

NUSSBAUMER: Wie machst du das als Frau Professor, wenn du mit einer Jugend arbeitest, die diese Art Theater spielen muss?

OTT: Ich sage: Ihr werdet wahrscheinlich auch so spielen müssen. Ich bin aber der Überzeugung, dass ein guter Schauspieler alles in seinen Facetten von Grund auf erfahren und lernen muss. Die Grundtechnik muss vorhanden sein. Aber das wird leicht übersprungen, und das spürt man dann.

NUSSBAUMER: Für dich selbst hast du es dir aber nie vorstellen können, in einem modernen Stück mitzuwirken?

OTT: Doch! Aber man hat mich nicht gerufen. Ich wurde überhaupt immer – was furchtbar war – auf eine gewisse Schiene gedrängt.

NUSSBAUMER: Wie geht es dir generell mit dem Gedanken des Älterwerdens?

OTT: Ich komme nicht zurecht damit. Mit dem, was mir mein Verstand sagt, und mit dem, was die Emotionalität sagt.

NUSSBAUMER: Wovor fürchtest du dich konkret? Atomkrieg, Verkehrsunfall?

OTT: Nein, schon davor, was ich sehr oft bei Menschen, die mir nahe standen, erlebt habe: dass im nächsten Moment alles aus sein kann. Davor habe ich entsetzliche Angst. Gleichzeitig bin ich davon überzeugt, dass starke Menschen alles mit sich tun und beeinflussen können.

NUSSBAUMER: Denkst du da wieder an den Hans?

OTT: Ja. Er hat alles gewusst – und gestorben ist er so: Er hat Karl Kraus sehr verehrt und war darüber informiert, dass die „Letzten Tage der Menschheit" im Radio wiederholt werden. Da hat er gesagt: Das muss ich noch einmal hören, hat sich hingelegt und dabei war er weg.

NUSSBAUMER: Wie wenn er das auch organisiert hätte?

OTT: Davon bin ich auch überzeugt. Er hat auch nie vor etwas Angst gehabt. Das kann man, wenn man sehr stark ist. Aber wer ist das schon?

25. Februar 2003, Café Sacher

ELFRIEDE OTT

Geboren 1925 in Wien. Debütierte im Alter von 18 Jahren am Wiener Burgtheater im Stück „Die goldene Harfe“ von Gerhart Hauptmann. Es folgten Engagements in Graz, Hamburg und Zürich, bis sie im Jahr 1954 ihre künstlerische Heimat am Theater in der Josefstadt fand (Ensemblemitglied seit 1958). Neben ihrer Tätigkeit am Theater entstanden zahlreiche Soloprogramme wie zum Beispiel „Phantasie in Ö-Dur“. Gemeinsam mit Hans Weigel initiierte sie die Nestroy-Sommerspiele auf der Burg Liechtenstein, deren Intendanz sie seit 1983 innehat. Seit 1985 Leiterin der Schauspielabteilung des Konservatoriums der Stadt Wien. Neben ihrer Fernsehtätigkeit (u. a. in der TV-Serie „Die liebe Familie“) hat sich Elfriede Ott auch einen Namen als Autorin („Was hinter dem Vorhang passiert“), Herausgeberin und Malerin gemacht. Zu den wichtigsten Auszeichnungen von Kammerschauspielerin Elfriede Ott zählen u. a. das Österreichische Ehrenkreuz für Wissenschaft und Kunst, die Josef-Kainz-Medaille der Stadt Wien, der Nestroy-Ring sowie das Große Goldene Ehrenzeichen für Verdienste um das Bundesland Niederösterreich.

HEINZ NUSSBAUMER

Geboren 1943 in Bad Reichenhall, aufgewachsen in Salzburg. Studium der Theologie, Rechts- und Staatsphilosophie sowie Kunstgeschichte. 1971–1990 Leitung des außenpolitischen Ressorts des „Kurier“. Von 1990 bis 1999 Leiter der Presseabteilung der Präsidentschaftskanzlei und Sprecher der Bundespräsidenten Kurt Waldheim und Thomas Klestil. Seit 1999 ist Nußbaumer freier Publizist und Vortragender und fungiert als Gastgeber der ORF-Reihe „Philosophicum“. Heinz Nußbaumer ist Sprecher der „Initiative Qualität im Journalismus“ und gilt als profunder Kenner auf dem Gebiet der Nahostpolitik sowie der arabischen und islamischen Welt. Zu seinen wichtigsten Auszeichnungen zählen u. a. der Renner-Preis bzw. der René-Marcic-Preis. Seit Janner 2003 ist Heinz Nußbaumer gemeinsam mit Wilfried Stadler Herausgeber der Wochenzeitung „Die Furche“.

Theater wie ein visuelles Gedicht

Erwin Piplits und Ulrike Kaufmann über die Magie des Serapions Theaters

Seit 30 Jahren entwickeln Erwin Piplits und Ulrike Kaufmann ihre bereits legendäre Bildersprache, die sich in vielerlei Hinsicht von konventioneller Theaterarbeit unterscheidet. Eine Symbiose aus Literatur, Musik, darstellender und bildender Kunst, die an die Fantasie des Zuschauers appelliert und gezielt den Faktor Zeit als magisches Moment einsetzt.

Von Augustinus gibt es diesen schönen Satz, dass jeder weiß, was Zeit ist, bis er sie erklären soll. Bei Ihren Produktionen habe ich oft das Gefühl, Zeit sinnlich wahrnehmen zu können.

ERWIN PIPLITS: Es freut uns natürlich, wenn wahrgenommen wird, dass wir in einer bestimmten suchenden Weise mit der Zeit umgehen. Dadurch, dass über die übliche Zeit, die notwendig wäre, um die Szene mitzuteilen, hinaus gespielt wird, bekommt der Zuschauer die Möglichkeit, tiefer in die Sache hineinzugehen.

ULRIKE KAUFMANN: Wenn ich dem Publikum bzw. mir selbst Zeit gebe, kann ich uns mündiger machen, als wenn ich dem Ge schehen davonlaufe. Dann nehme ich dem Zuschauer die Chance zu reflektieren.

Falls er es annimmt.

KAUFMANN: Ja. Aber das ist immerhin schon etwas. Ich möchte es ihm freistellen.

PIPLITS: Wir schwimmen ganz bewusst nicht mit dem hektischen Strom und sind sicher nicht von veristischen Themen infiziert. Obwohl unsere Themen sehr viel mit Wahrheit oder Wahrhaftigkeitssuche zu tun haben. Im Grunde versuchen wir, Wirklichkeiten zu finden.

Ich habe gelesen, dass Sie meistens von einer Idee ausgehen und nicht von einem Text.

KAUFMANN: Sagen wir so: von einem Thema.

PIPLITS: Die Arbeit des Serapions Theaters ist ein *work in progress.* Wir möchten an einer gewissen Entwicklung arbeiten, die sich

Ulrike Kaufmann: „Unsere Sprache ist die Bewegung."

aber nicht oberflächlich zeigt, sondern die man sich – auch als Zuschauer – erwerben muss. Hinzu kommt, dass es beim Serapions Theater keine Hauptfigur gibt, weil das ganze Ensemble die verschiedenen Zustände, die geschildert werden, verkörpert. Der aussschlaggebende Impuls kommt natürlich von uns oder von mir bzw. von der Literatur, die man liest.
Aber wie gesagt: Alle Zielsetzungen müssen sich auf das Ensemble beziehen und nicht nur auf den Inhalt, weil sie nur aus dem Ensemble heraus wachsen können.

Wie wirkt sich dieser ganzheitliche Ensemblegedanke auf die Regiearbeit aus?

PIPLITS: Vor allem muss man auf egoistische Vorstellungen verzichten. Denn wenn das Ensemble beginnt, die Vorschläge zu entwickeln, kommt meistens etwas völlig anderes zurück, als man ursprünglich geglaubt hat. In dieser Beziehung ist die Uli eine Meisterin, weil sie die unmittelbare Arbeit mit dem Ensemble macht, während ich immer versuche, den inhaltlichen Bogen zu behalten.

KAUFMANN: Aber noch einmal zurück zum Thema Zeit: Wir haben – seit wir uns kennen und zusammenleben – keinen Fernsehapparat in unserem Haushalt, auch kein Radio. Vor kurzem habe ich in einem Restaurant zum ersten Mal CNN gesehen. Das ist unglaublich! Deshalb habe ich vorhin auch von der Mündigkeit

„Wir Menschen sind in einem ziemlichen Dilemma mit der Zeit."

geredet. Diese rasche Bildabfolge entmündigt mich! Ich kann sie überhaupt nicht verarbeiten. Da sind wir Menschen, glaube ich, schon in einem ziemlichen Dilemma mit der Zeit. Wenn wir eine neue Produktion machen, höre ich vom Ensemble immer wieder den Satz: Bitte gebt uns Zeit! Damit etwas entwickelt werden kann und man sich im Moment seinem Gegenüber bewusst stellen kann.

PIPLITS: Man muss aber dazu sagen, dass die Menschen, die nach unserer Auffassung davonlaufen, selber überhaupt nicht diesen Eindruck haben.

KAUFMANN: Dadurch, dass unsere Sprache die Bewegung ist, muss ich Stimmungen und Situationen über diese körperliche Dimension ausdrücken. Mache ich es flüchtig oder schnell, kann ich es nicht erzählen.

PIPLITS: Oder entsprechend weniger erzählen. Weil auch das Publikum Zeit haben muss, es überhaupt wahrnehmen zu können. Deswegen empfehlen wir unseren Zuschauern, sich die Sache absichtslos anzuschauen und nicht ständig nach einer sofortigen Interpretation zu suchen.

KAUFMANN: Sich also während des Zuschauens nicht sofort eine Handlung zu konstruieren.

PIPLITS: Weil es sich aus sich selber erzählt. Im Grunde sind es sehr einfache Mitteilungen, allerdings in einer Konstruktion, die von gängigen dramaturgischen Ideen kaum Gebrauch macht. Die Mittel der Komposition und der Malerei sind uns viel näher als die der konventionellen Dramaturgie.

Aber auch das poetische Moment.

KAUFMANN: Genau. Wir nennen es auch manchmal visuelles Gedicht.

PIPLITS: In Anlehnung an Max Ernst. Visuelle Poesie ist eine angenehme Vorgabe und einer der Aspekte unserer Arbeit.

KAUFMANN: Auch in einem Gedicht erzählt sich mir eine Seelenstimmung und ich suche nicht wirklich nach einer Handlung.

PIPLITS: Selbst wenn es im tieferen Sinn einen Handlungsablauf gibt. Aber der ist nicht das Wichtigste dabei.

KAUFMANN: Allein durch die Schule wird man spätestens ab dem 6., 7. Lebensjahr trainiert, sich sofort mitteilen zu müssen.

PIPLITS: Dieser anerzogene Geltungsstress ist eine Hemmung in der Rezeption von Kunstformen, die auf erklärende Momente verzichten. Daher sind auch Gedichtbände nicht immer Bestseller.

Sind Sie der Meinung, dass Theater immer mehr zur Banalität verkommt?

PIPLITS: Was ich beobachte, ist diese seltsame Eventsituation. Ich möchte das Wort Kultur in diesem Zusammenhang bewusst

Erwin Piplits: „Im Grunde versuchen wir, Wirklichkeiten zu finden."

vermeiden. Eine Art Ablenkung der Menschen. Momentan ist auch diese Fresserei recht interessant.

Sie meinen die Kombination von Kultur und Kulinarik?

PIPLITS: Das finde ich grauenvoll.

KAUFMANN: Man kann weder das eine noch das andere verdauen.

PIPLITS: Wesentlich ist, dass in Wien ein gewisser Wolfgang Amadeus Mozart einen Tritt in den Hintern bekommen hat, weil er nicht mehr bereit war, beim Essen der Erzbischöfe aufzuspielen und mit den Köchen zu essen. Mit diesem Tritt in den Hintern war er somit der erste freischaffende Künstler, der nicht mehr im Dienst eines Fürsten gestanden ist und als Komponist frei war. Und was haben wir jetzt? Mozart-Konzerte mit Gourmet-Lunch und ähnliche Scherze! Oder Opern-Filme mit Bratwürstel- und Langosstandeln dazu.

KAUFMANN: Ich meide auch jedes Restaurant mit Musik, weil es einfach zu viel ist!

PIPLITS: Abgesehen davon ist diese Fresserei nichts anderes als eine Frustbefriedigung. Darüber sollte man sorgfältig nachdenken, weil es wahrscheinlich auf eine Krise hindeutet – zumindest auf eine schwere kulturelle Krise.

Gibt es diesbezüglich nicht Analogien zu den altgriechischen Symposien?

PIPLITS: Ob bei den Symposien auch Musik gemacht wurde, lässt sich heute nicht so leicht feststellen. Weil die Musik damals nicht diese Bedeutung hatte, die sie jetzt hat. Dass man bei den Symposien getrunken hat, geht aus einigen Texten hervor. Aber das ist nicht so wesentlich. Wichtig ist, was an uns weitergegeben wurde bzw. was wir daraus machen. Oder die kritische Position, die wir zu der platonischen Position einnehmen können.

KAUFMANN: Allerdings muss man auch sagen, dass der Mensch im Laufe der Evolution eine gewisse Entwicklung durchgemacht hat.

PIPLITS: Das heißt nicht, dass die Alten – uns gegenüber – zurückgeblieben waren. Ganz im Gegenteil. Ihre Wahrnehmung erfolgte über eine Empfindungsseele und eine Verstandesseele. Dadurch, dass jener Bereich, den wir heute Bewusstsein nennen, noch nicht so ausgeprägt entwickelt war, hatten sie meiner Meinung nach eine weitaus feinere und höhere Wahrnehmungsmöglichkeit. Deshalb ist es auch eines unserer Anliegen, diese Wahrnehmungsfähigkeit wieder weiter auszuloten, die in unserer Zeit eher verkümmert.

KAUFMANN: Zugunsten technischer Errungenschaften.

PIPLITS: Ich finde, dass eine Konsum-Hysterie ausgebrochen ist, wenngleich technische Mittel wie Computer oder Handy zweifellos wunderbare Instrumente sind. Aber ich gehe ja auch nicht die ganze Zeit mit einem Hammer herum, nur weil das ein wunderbares Werkzeug ist! Der Umgang mit diesen technischen Instrumenten ist meiner Meinung nach maßlos und sinnlos. Deshalb glaube ich, dass es für manche Menschen schwierig ist, plötzlich mit einer Arbeit wie unserer konfrontiert zu werden. Also mit diesem Versuch, einen anderen Raum zu schaffen.

KAUFMANN: In dem wir spielen, aber auch wieder nicht spielen.

PIPLITS: Eine Art Paradoxon. Das ist etwas, das immer wieder im Raum steht, wenn wir proben: nicht Theater zu spielen – also keine Rollen anzunehmen. Viel eher muss es der Schauspieler verstehen, einen Zustand sicht- und wahrnehmbar zu machen, ohne selbst in diesen Zustand zu verfallen. Hätte er den Zustand wirklich, könnte er ihn ja nicht spielen. Das ist ein wesentlicher Zug und unterscheidet uns von vielen anderen.

Erwin Piplits: „Die Mittel der Komposition und der Malerei sind uns viel näher als die der konventionellen Dramaturgie."

Ein weiteres Markenzeichen des Serapions Theaters ist der Mut zur großen Emotion.

PIPLITS: In den letzten Jahren hat es im Theater eine Entwicklung weg von der Emotion, von der großen Geste, von der gespielten theatralischen Situation hin zu einer Art Fernsehspiel ohne Bildschirm gegeben. Diese Entwicklung wollten wir nicht gehen, weil es meiner Meinung nach eine Verkürzung der Möglichkeiten ist, so realistisch wie möglich zu wirken.

Ist das mit ein Grund, weshalb das Serapions Theater auf Sprache verzichtet?

KAUFMANN: Sprache haben wir ja.

PIPLITS: Wir verwenden nur keine Wörter – das ist wieder etwas anderes.

KAUFMANN: Es ist einfach unsere Art, uns mitzuteilen oder Geschichten zu erzählen, in einer Sprache, die nicht unbedingt Worte verwendet. Abgesehen von einigen Ausnahmen wird im Theater sehr oft so viel ausgesprochen, was gar nicht notwendig wäre. Man kann es spielen! Wir wollen dem Zuschauer einen Freiraum lassen, es weiterzuerzählen.

14. Jänner 2003, Odeon

ERWIN PIPLITS

Geboren 1939 in Wien. Erlernte nach der Pflichtschule Textildruckerei. 1962 Kontakt mit den „Komödianten am Börseplatz“. In der Folge ebenda als Bühnenbildner und Schauspieler tätig. Kurzer Besuch der Hochschule für Angewandte Kunst (Bühnenbildklasse). Nach einem mehrjährigen Aufenthalt in Dänemark ab 1971 Mitarbeit im Museum des 20. Jahrhunderts. Die intensive Beschäftigung mit Kunstfiguren und Masken führt 1971 zu einer experimentellen Musiktheater-Aufführung mit dem Titel „Pupofon“, aus dem später das „Pupodrom“ wurde. Seit 1973 Zusammenarbeit mit Ulrike Kaufmann. 1979 Kainz-Medaille. Ab 1980 Gründung und Leitung des „Serapions Theaters“, zunächst am Wallensteinplatz, seit 1988 neue Spielstätte im Odeon.

ULRIKE KAUFMANN

Geboren 1953 in Gai in der Steiermark. Grafikstudium an der Ortwein-Schule in Graz. Studium (Bühnenbildklasse) an der Hochschule für Angewandte Kunst in Wien. Mitbegründerin des Serapions Ensembles. Seit 1973 mit allen Bereichen der Ensemble-Arbeit und der Gestaltung (u. a. Kostüme) befasst.

Vielfältigkeit als Markenzeichen

ZWEI ALLROUNDER DER AUSTRO-POP-GESCHICHTE: JOESI PROKOPETZ UND WILFRIED

Er schrieb die Texte zu den Ambros-Hits „Da Hofa“ oder „Es lebe der Zentralfriedhof“, landete im DÖF-Zweiergespann Nummer-Eins-Hits, schuf mit dem „Herrn Rädl“ eine mittlerweile sagenhafte Kabarett-Figur und tourt mit neuen Solo-Programmen regelmäßig durch Österreich: Joesi Prokopetz, ein Künstler, dessen Vielseitigkeit Parallelen zu Wilfried Scheutz aufweist, der ebenfalls dem legendären Austro-Pop-Jahrgang angehört und nun das A-cappella-Projekt „4Xang“ verfolgt.

Zum Thema Freundschaft hat Joesi Prokopetz in einem Interview gesagt, dass er – wie die meisten Menschen – im Grunde „nur“ eine Hand voll wirklicher Freunde hat, wobei er natürlich nicht verraten wollte, um welche Menschen es sich handelt. Haben Sie das Gefühl, dazuzuzählen?

WILFRIED: Ja.

JOESI PROKOPETZ: Ja?

WILFRIED: Zu dieser Hand voll am Rand. Wir sind von der Geisteshaltung so weit auseinander, dass es dadurch wieder gewisse Gemeinsamkeiten gibt.

PROKOPETZ: Aber nur was Urlaub und gewisse kulinarische Sachen betrifft.

WILFRIED: Ich halte es für ein gravierendes Problem, dass du in Clubs auf Urlaub fährst, während ich einfach irgendwo hinfliege und nicht einmal ein Hotel buche.

PROKOPETZ: Deshalb waren wir auch noch nie gemeinsam auf Urlaub.

WILFRIED: Aber im Ernst: Wir haben bei Elfriede Ott ein paar Mal gemeinsam gearbeitet und früher ganze Alben miteinander verbrochen.

PROKOPETZ: Mit Liedern wie „Whiskey pur“.

Es verbindet also das Berufliche und das Menschliche?

WILFRIED: Ja, keine Frage.

Sie haben beide im Laufe Ihrer Karriere alles Mögliche gemacht – von der Texter-, Schauspieler-, Sänger- bis hin zur Kabarettisten-Karriere. Bei Ihnen ist die Musik immer noch im Mittelpunkt, bei Herrn Prokopetz nun das Kabarett.

PROKOPETZ: Das ist auch meine Heimat. Die ganzen Texte, die ich geschrieben habe, wie „Da Hofa", wurden immer als kabarettistisch eingestuft.

Den „Hofa" würde ich nicht als kabarettistisch bezeichnen.

PROKOPETZ: Naja, im weitesten Sinn. „Da Hofa" hat einen eindeutigen gesellschaftlichen Bezug: die Ballade des archetypischen Schuldigen, wie ich mir sagen ließ. Heute ist es im Kabarett – mit rühmlichen Ausnahmen – so, dass der gesellschaftliche Bezug größtenteils fehlt. Es wird sehr viel Kleingeld durch Lachen gemacht. Weil man zehn Jahre einen Kabarett-Boom herbeigeschrieben hat, der längst keiner mehr ist. Deshalb findet man unter dem Begriff Kabarett alles Mögliche, was man vielleicht besser Stand-up-Comedy nennen sollte. Klassisches Kabarett im ursprünglichen Sinn gibt es nicht mehr, obwohl die Zeiten danach wären.

WILFRIED: Ich glaube, dass diese Verdrossenheit am direkten Ansprechen von Problemen nicht so weit von dem entfernt ist, was in den 30er Jahren stattgefunden hat. Wo zwar alles gesagt, aber überhaupt nichts direkt angesprochen wurde. Beispielsweise ein Fritz Grünbaum, der den wunderbaren Satz geprägt hat: „Es gibt heute zu viele Lautsprecher und zu wenig Kopfhörer" – da weiß jeder, was gemeint ist.

PROKOPETZ: Ich glaube nicht, dass man jemals mit Kabarett oder mit Kunst im weitesten Sinne etwas verändern kann bzw. ein politisches Bewusstsein kreieren kann, wenn es nicht schon in der Gesellschaft angelegt ist.

Aber der Wunsch ist trotzdem da?

PROKOPETZ: Selbstverständlich!

WILFRIED: Schließlich gibt es auch ein Kabarett, das zu unserer Zeit passt. Ich habe unlängst eine Sendung mit Verona Feldbusch gesehen. Sie ließ sich in Monte Carlo ablichten und sprach ausschließlich von ihrem teuren Outfit. Und die Kamera folgt brav den Anweisungen – eigentlich ist das großes Kabarett.

Joesi Prokopetz: „Es wird sehr viel Kleingeld durch Lachen gemacht."

PROKOPETZ: Es ist so viel Realsatire unterwegs! Auch die Headline-Kultur in den Massenmedien, die überhaupt keinen Abstand zu Superlativen mehr hat.

WILFRIED: Das haben wir zum Beispiel in unserem Programm, wo einer von uns ein Lied ankündigt, „das aus der südlichsten Gegendst Österreichst aus der Südsteiermarkst kommt."

Wird Wortwitz noch geschätzt?

PROKOPETZ: Meinem Empfinden nach sehr.

Und trotzdem ist Kabarett nicht mehr gefragt?

WILFRIED: Dass sich der Kabarett-Boom wieder eingebremst hat, liegt daran, dass ein völliger Overkill stattfindet.

Sie meinen eine Inflation an Kabarettisten?

WILFRIED: Ja, und manche wandern in die Stadthalle ab. Ich steh auf den Düringer, das ist ein sehr guter Mann, aber was macht der in der Stadthalle?

PROKOPETZ: Die Stadthalle ist zweimal ausverkauft und der Künstler wird via Großbildfläche im Hintergrund übertragen.

WILFRIED: Das ist das Gegenteil von Kabarett.

PROKOPETZ: Andererseits ist es natürlich sein gutes Recht, mit zwei Auftritten so viel Publikum anzusprechen wie sonst an 200 Abenden.

WILFRIED: Diese Popularität kommt allein übers Fernsehen. Ich hatte auch einmal eine so genannte Fernsehkarriere, möchte aber dazu anmerken, dass es mir persönlich eine weitaus größere Genugtuung bereitet, wenn wir uns beim „4Xang" Jahr für Jahr ein größeres Publikum erarbeiten.

Beim „4Xang"-Projekt passt momentan also alles?

WILFRIED: Ja, es macht irren Spaß. Ich kann dort alles verwirklichen, was sich in den letzten drei Jahrzehnten so ergeben hat. Man kann tanzen, schauspielern und singen – und zwar vom Jodler bis hin zum Free-Jazz. Man kann Boxen tragen, was einem das Fitness-Studio erspart, man lernt abstruse Wirtshäuser im nördlichen Waldviertel kennen.

PROKOPETZ: Man erkennt Pensionen bereits am Geruch!

Diese Freiheit hätte man doch auch in einem Soloprojekt.

WILFRIED: Natürlich. Ich war ja lange solo unterwegs, steh aber im Moment sehr aufs Team. Bei Joesi läuft die Kurve verdreht. Leute, die immer im Team arbeiten oder für andere schreiben, haben dann irgendwann einmal Lust auf eine Solo-Karriere.

PROKOPETZ: Ich würde sagen, es hat sich einfach so ergeben. Ich denke, dass ich seit dieser DÖF-Geschichte ein gewisses Trauma entwickelt habe, mit jemand Zweitem etwas zu machen.

WILFRIED: Was kein Wunder war in dem Fall.

PROKOPETZ: Weil wir charakterlich und künstlerisch sehr verschieden waren, wie sich später herausgestellt hat. Diese Solo-Geschichten – wie beispielsweise der Herr Rädl – haben sich

Joesi Prokopetz: „Es ist so viel Realsatire unterwegs!"

dann einfach ergeben. Wenn ich sage, mir ist alles in den Schoß gefallen, mag man es als Metapher auffassen, aber es war so. Bildlich gesprochen bin ich eher das Blatt und nicht der Wind. Ich renne nicht mit dem Kopf gegen die Wand, sondern gehe gerne den Weg des geringsten Widerstands. In dieser Hinsicht war ich nie ein Kämpfer.

Sie gehören ja beide dem legendären Austro-Pop-Jahrgang an – Ambros, Fendrich, Danzer, Hirsch. Warum sind solche Einzelpersönlichkeiten heute nicht mehr möglich?

WILFRIED: Der Unterschied war, dass es seitens der Medien das Bedürfnis gab, den Austro-Pop zu forcieren. Nach der reinen Amerikanisierung der 60er Jahre hatten die Leute einmal Lust, etwas Eigenes zu hören. Aber das hat dann wieder ganz rasch umgeschlagen, weil wir nicht gelernt haben, mit dem eigenen Idiom umzugehen. Niemand hat heute den Mut zu sagen: Der Franz aus Eisenstadt ist aber wirklich gut. Weil es einfach 100-mal so bequem ist und auch viel weniger Hirnschmalz und Standfestigkeit erfordert zu sagen: Dieser Robert de Niro ist aber toll.

PROKOPETZ: Oder zu sagen: Wir spielen die Hits!

WILFRIED: Das kann jeder Depp. Aber zu sagen: Das ist ein Hit, obwohl der Interpret aus St. Pölten ist, erfordert Charakter.

PROKOPETZ: Wie gesagt: Es gab eine Zeit, wo die österreichische Plattenindustrie das gemacht hat. Und da wurde auch investiert.

WILFRIED: Das hat dann schlagartig aufgehört. Meinem 20-jährigen Sohn, der hervorragend Gitarre spielt, kann ich nur empfehlen, auszuwandern. Es reicht, wenn zwei Musikergenerationen an diesem Land zerschellt sind.

Wohin soll Ihr Sohn gehen – nach Amerika?

WILFRIED: Ja, eine Grundausbildung dort schadet sicher nicht. Noch aufregender wäre vielleicht Frankreich. In Paris verschmilzt Europa mit Afrika. Das ist vielleicht spannender als das alte, ständig wiedergekaute und zu Tode perfektionierte Amerika. Außerdem gibt es in Paris hunderte Live-Clubs und wenn man nicht in einem dieser Clubs spielt, musiziert man einfach in der U-Bahn. Das ist alles in Wien verboten. Man braucht für alles eine Genehmigung. Bei uns ist immer von den alten Austro-Poppern die Rede, aber dass die jungen nicht wahrgenommen werden, ist ja nicht ihr Fehler, sondern die Schuld der Medien. Wenn man sie nicht spielt, werden sie auch nicht gehört. Und irgendwann wird es dann auch nicht mehr produziert.

Haben die Privatradios mit dieser Entwicklung zu tun?

WILFRIED: Nein, das ist schon lange davor passiert.

PROKOPETZ: Aber die drei Dinosaurier des Austro-Pop kommen ja ohnehin überall vor. Die sind zwar von Ö3 in die Regionalsender abgewandert, füllen aber immer noch Hallen. Es ist halt vom Image her nicht so gut, wenn man zwischen Schlager-Musik gespielt wird.

WILFRIED: Diesen Schrott gibt es ja auch nur, weil keine österreichische Popmusik mehr gespielt wird. Der Erfolg der dümmlichen Volksmusik ist der Ersatz für die gute Variante davon: den Ambros.

PROKOPETZ: Vor allem tut es nicht weh. Der Ambros hatte ja auch kritische Texte. Aber beim Schlager …

WILFRIED: Wie gesagt: Der Schlager ist das Placebo. Vorher sind 50.000 zum Ambros gekommen, jetzt kommen 50.000 zu den Schürzenjägern. Es ist zum Teil das gleiche Publikum.

Unterscheidet sich Ihr heutiges Publikum von dem vor 20 Jahren?

Wilfried Scheutz: „Es reicht, wenn zwei Musikergenerationen an diesem Land zerschellt sind."

WILFRIED: Zu mir kommt jetzt ein Kunstpublikum. Das ist klein, aber sehr fein.

Und Ihr Publikum?

PROKOPETZ: Das kann ich sehr schwer einschätzen.

Wenn Sie an die DÖF-Zeiten denken?

PROKOPETZ: Da haben wir Hits produziert. Und bei Hits kommen alle. Aber alles andere muss man sich – wie Wilfried sagt – auf der Bühne erkämpfen.

Wenn ein Song kreiert wird, spielt – was den Songtext betrifft – die regionale Identität von Sprache eine gewisse Rolle. Beim „4Xang" werden mehrere Identitätskreise angesprochen.

WILFRIED: Das soll sich noch ausweiten! Aber letztendlich stellt sich einzig die Frage: Wo ist das Herz daheim? Und das ist natürlich auf der ganzen Welt daheim. Wir singen zum Beispiel ein Lied aus der Südsteiermark in einem so schweren Dialekt, dass man doppelt so lange Ohren braucht, damit man es überhaupt versteht, und gehen dann nahtlos in einen Massai-Gesang über. Und ab der Mitte des Massai-Gesangs merken die Leute erst, dass es nicht mehr steirisch ist.

PROKOPETZ: Ich könnte nicht in Massaiisch vortragen.

WILFRIED: Aber du verwendest auch gewisse Schemata und Sprachmuster, die sich von etwas ganz anderem ableiten, und hast dich sehr mit der jüdischen Texttradition beschäftigt.

PROKOPETZ: Ich glaube, ich kann vordergründige Metaphern als Plattitüden enttarnen. Gleichzeitig finde ich es tragisch, dass wir in einer Zeit leben, die fast nur noch formalistisch ist.

WILFRIED: Deswegen gehe ich auch nicht mehr ins Theater an der Wien, um mir Musicals anzusehen, weil die Bühne immer mehr die Hauptrolle spielt. Es berührt mich überhaupt nicht.

PROKOPETZ: Eine reine Abfeierung von Form. Und ein bisschen so ist die Zeit. Ganz im Gegensatz zu einem Nestroy, der es wunderbar zusammengebracht hat, ganz scharfe Botschaften unter die Leute zu bringen. So etwas fehlt. Rückblickend haben wir im deutschsprachigen Raum eine Verfeldbuschung erlebt. Aber vielleicht sollten wir doch noch etwas sagen, das uns gefällt.

WILFRIED: Mir gefällt die Feldbusch. Als Kunstfigur großartig!

PROKOPETZ: Nehmen wir den Heinz Conrads. Der war doch unser aller Feindbild einmal. Und heute sagt man: Mein Gott, der Conrads! Man gewöhnt sich daran. Und irgendwann wird man sagen: Die Feldbusch, erinnerst du dich? Im Lichte der Mechanik der Vergänglichkeit bekommt alles eine gewisse Glorie. Falcos „Out of the Dark" wurde zu seinen Lebzeiten von Ö3 und Konsorten in den finstersten Winkel des Archivs gesperrt. Kaum war der arme Teufel tot, haben sie das Lied ausgegraben und gesagt: Wahnsinn! Eine Botschaft! Der hat das

Wilfried Scheutz: „Der Schlager ist das Placebo."

schon gewusst: „Muss ich sterben, um zu leben?" – eigentlich eine Plattitüde, aber so ist das halt.

Wo würden Sie sich momentan auf dem österreichischen Kunstmarkt positionieren?

PROKOPETZ: Ich bin grundsätzlich im Out.

WILFRIED: Im Out ist es sehr gemütlich, weil man dort keine Konkurrenz hat. Insofern bin ich für die totale Abnabelung dieser Wiener Freunderlwirtschaft sehr dankbar.

PROKOPETZ: Positiver Schlusssatz: Das Leben ist schön, wir sind auch keine Misanthropen – im Gegenteil, der Altruismus ist auf unsere Fahnen geheftet. Wir sind gute Menschen und wünschen auch allen, über die wir gesprochen haben, alles erdenklich Gute – und herzliche Grüße an die Frau Gemahlin.

14. Mai 2002, Café Salzgries

JOESI PROKOPETZ

Geboren 1952 in Wien. Schrieb in den 70er Jahren die Texte zu den Ambros-Hits „Da Hofa“, „Es lebe der Zentralfriedhof“, „Hoit, da is a Spoit“ u. v. a. Landete mit DÖF die Hits „Codo“ und „Taxi“. Erfinder der Kabarettfigur „Alfons Rädl“ (über 1.000 Auftritte). Seit 1990 Solo-Kabarettprogramme, u. a. „Bitte nicht eintreten, Sie werden aufgerufen“, „Entschuldigen Sie die Verspätung“, „Best of Rädl“, „Trotzdem: Schönen Abend“. Seit 1998 Mitwirkung bei den Nestroy-Sommerspielen auf der Burg Liechtenstein.

WILFRIED SCHEUTZ

Geboren 1950 in Bad Goisern (Oberösterreich). 1969 Matura an der Handelsakademie in Gmunden. Studierte Englisch und Französisch in Graz. Band-Mitglied von „The Provos“ und „Moses, Hide & Seek“. Arbeitet seit 1972 als Sänger, Komponist, Texter, Produzent und Kabarettist. Produzierte ca. 40 Singles sowie 20 LPs und CDs. Wirkte als Schauspieler in diversen Theaterstücken, Filmen und Fernsehserien mit. Gründete im Jahr 1995 gemeinsam mit Heinz Jiras, Eik Breit und Klaus Emilio Kofler die A-cappella-Formation „4Xang“.

„Hochhäuser gehören verboten!“

Visionen zum Thema Städtebau von Roland Rainer und Wilfried Posch

Architektur im Einklang mit Natur und Baukultur lautet das Credo von Roland Rainer. Speziell für Privathäuser propagiert Österreichs Architektur-Doyen ein naturnahes Wohnen im verdichteten Flachbau und greift hierfür unter anderem auf Ideen zurück, die sich explizit aus Erkenntnissen des vorindustriellen Bauens herleiten. Sein Faible für chinesische Architektur sowie seine Abneigung gegen Hochhäuser teilt Rainer mit Wilfried Posch, Vorstand der Universität für künstlerische und industrielle Gestaltung in Linz.

Sie waren im März 1973 gemeinsam in China.

ROLAND RAINER: Es war eine Reise, die ich mir immer schon vorgenommen hatte und ich habe nur darauf gelauert, dass man nach China hinein kann. Dr. Posch war damals mein Assistent.

WILFRIED POSCH: Im Vordergrund der Reise standen zwei Komponenten: Wir sind einerseits ausgezogen, um das alte China zu studieren, und haben andererseits das kommunistische China Mao Tse-Tungs erlebt. Es war eine eigenartige Mischung aus Tradition und einer völlig entgegengesetzten Gesinnung.

RAINER: Für mich war diese China-Reise wirklich eine Offenbarung. Die reifste und höchste Kultur, mit der ich je in Berührung gekommen bin. Ich war zwar schon in Persien und am Balkan, aber China ist deshalb einmalig, weil es von anderen Grundsätzen ausgeht. In China ist das Faktum Alter etwas Positives. Derjenige, der alt ist, hat mehr gesehen, erlebt und erfahren und kann deshalb zuverlässiger Auskunft geben. Ein weiterer Unterschied ist, dass für die Chinesen nicht das Allerneueste interessant war, sondern dass immer alte Weisheiten und Traditionen im Mittelpunkt standen. Ganz im Gegensatz zu uns, wo ausschließlich zwei Kriterien gelten, nämlich groß und neu.

POSCH: Bemerkenswert ist auch, dass Mao trotz der Anstrengungen der Industrialisierung ganz bewusst eine Verschiebung der Bevölkerung vom Lande in die Stadt vermieden hat. Man wollte das Größenwachstum der Städte nicht weiter fördern und hat unter allen Umständen versucht, die Chinesen in den überlieferten Wohnformen zu halten. Und so ist es bis etwa 1980 geblieben. Wir hatten das Glück, noch das „alte" China zu erleben.

RAINER: Es ist faszinierend, dass die Chinesen in kleinen, ebenerdigen Hofhäusern lebten, denen sehr oft ein wunderbarer Garten angeschlossen war. Und zwar ein Garten, der reich an Symbolen ist. Weil der Kreis das Symbol des Göttlichen und der Ewigkeit ist, betritt man beispielsweise den Garten durch ein kreisrundes Tor. Auch uralte Bäume werden in China gepflegt, selbst wenn sie schon ganz kaputt sind. Bäume sind für Chinesen ein Zeichen für die Beständigkeit des Lebens.

Welche Impulse und Gedanken haben Sie von dieser Reise mitgenommen?

POSCH: Um es vielleicht etwas heiter zu beantworten: Prof. Rainer hat immer wieder festgestellt, dass er glücklich ist, erst in so späten Jahren nach China gekommen zu sein, nachdem er bereits so viel geschrieben und gebaut hatte, was ganz im chinesischen Sinn gedacht war.

RAINER: Es war eine Bestätigung dessen, was ich erhofft habe, wobei diese Vielfalt alle Erwartungen übertroffen hat.

Gibt es Parallelen zu Ihrer Gartenstadt in Puchenau?

RAINER: In Puchenau ist leider nicht genug Platz. Aber im Wesen ist der Gedanke schon der gleiche. Mir geht es in der Architektur immer darum, einen Lebensraum zu schaffen und nicht ein technisches Wunderwerk zu bauen. Das war immer mein Ziel. In China kann man sehen, wie man mit einfachsten Mitteln glücklich leben kann. Unsere Städte sind Städte aus Zwischenräumen. Wenn es aber umgekehrt ist, wenn nicht Häuser und Räume mitten im Grün stehen, sondern wenn der Garten im Haus ist, ist das ein großer Unterschied.

Entspricht das auch Ihren Ideen vom Städtebau?

POSCH: Ich mache kein Hehl daraus, ein Schüler Roland Rainers zu sein. Aber man darf auch nicht auf andere Wiener Pioniere vergessen. Beispielsweise auf Camillo Sitte, der versucht hat, in

Roland Rainer: „Ich glaube, dass man nirgends mehr für moderne Architektur lernen kann als in China und Persien."

Hinblick auf die Raumkunst alter italienischer Städte eine Gestaltungslehre abzuleiten.

RAINER: Allerdings hat er sich nur auf Italien bezogen. Ich glaube, dass man nirgends mehr für moderne Architektur lernen kann als in China und Persien.

POSCH: Ich finde es aber auch bemerkenswert, dass wir eine jahrhundertelange ähnlich hohe Baukultur hatten, die mit Beginn des industriellen Zeitalters verloren ging. In Hietzing kann man noch aus allernächster Nähe die Reste der alten Wiener Hofhauskultur sehen. Oder, um einen modernen Ausdruck zu verwenden: Der verdichtete Flachbau war auch unsere traditionelle Bauform.

Es gibt das Argument, dass auf Grund des Bevölkerungszuwachses Hochhäuser gebaut werden müssen.

RAINER: Das ist absoluter Nonsens. Hochhäuser werden deshalb hoch gebaut, weil der Bodenpreis in Relation zur Bauhöhe steht. Mit jedem Stockwerk wird der Bodenpreis höher. Und darum geht es, und sonst um gar nichts.

POSCH: Man muss immer wieder betonen, dass es in Europa Städte wie beispielsweise Rom gibt, die nicht über ein einziges Hochhaus verfügen. Die Tragik von Wien ist, dass es 90 Jahre gelungen ist, diesen Unfug zu unterbinden. Bereits im Jahr 1911 haben sich Politiker gegen den Hochhaus-Bau ausgesprochen. Und zwar ganz bewusst in Bezug auf die Wiener Baukultur, die eine sehr kleinteilige ist. Wien war nie eine Stadt der großen Achsen.

RAINER: Das ist wichtig: Achsen sind Herrschaftssymbole und keine Symbole für Wohnlichkeit.

Was geschah nach der Jahrhundertwende mit Wiens Architektur?

POSCH: Die Gründerzeit ist 1914 zum Stillstand gekommen. Nach den ersten Wahlen hatten die Sozialdemokraten die absolute Mehrheit und man muss sagen, dass man sich zwischen 1918 und 1934 nicht am Stadtbild von Wien vergriffen hat.

RAINER: Naja, ein bisschen.

POSCH: Aber Otto Neurath hat ausdrücklich gesagt, dass die Sozialdemokratie auf den alten Innenstadtteil nicht neue Funktionen häufen will, wie das der liberal-kapitalistische Städtebau gemacht hat. Hingegen werde man in den Vorstädten bauen, um dort neue Zeichen zu setzen.

RAINER: Das mit dem Zeichen-Setzen ist überhaupt ein Hauptproblem. Zeichen brauche ich für Gebäude mit gesellschaftlicher Symbolik. Aber nicht für Wohnungen.

POSCH: Werner Hegemann, ein genauer Kenner des amerikanischen Städtebaus, hat darauf hingewiesen, dass hemmungsloser Hochhausbau letztlich zu einem Stadtbild ohne Symbolkraft führt, aber auch Verkehrsprobleme schafft. Wenn beispielsweise diese vier Türme in Wien-Mitte gebaut werden, ist ein Verkehrskollaps absehbar.

RAINER: Die Tatsache, dass bei Hochhäusern zumeist nur die obe-

Roland Rainer: „Hochhäuser sind bei uns städtebaulich unbegründet."

ren Hälften vermietet sind und die unteren Hälften leer stehen, beweist, dass Hochhäuser bei uns städtebaulich unbegründet sind.

Welche städtebaulichen Fehlentwicklungen gibt es Ihrer Meinung nach noch in Österreich?

POSCH: In Österreich gibt es Fehlentwicklungen, die allein schon in unserer Verfassung liegen. Wenn wir uns das Bundesgebiet vorstellen, ist es in rund 2.300 kleine Gemeindegebiete zerrissen, die innerhalb ihrer Grenzen Raumordnung betreiben. Es gibt keine Landkreise, keine Selbstverwaltung zwischen der Gemeinde und dem Land, wie es in deutschen Bundesländern der Fall ist.

RAINER: Man könnte alles genauso klug und vernünftig lösen, wie es in den alten persischen und chinesischen Kulturen praktiziert wurde.

Ließen sich heutzutage Städte entwickeln, die aus Hof-Häusern bestehen?

RAINER: Freilich lässt sich das machen. Ein Beispiel ist die zuvor angesprochene Gartenstadt Puchenau. Dort sind tausend Wohnungen genau nach diesem Prinzip entstanden. Wir bauen eine solche Stadt jetzt auch in St. Pölten. In Wien gibt es ebenfalls solche Siedlungen, zum Beispiel in der Tamariskengasse.

Was sagen Sie zum Gasometerausbau?

RAINER: Einen größeren Unsinn als das gibt es nur noch auf der Donau-Platte.

POSCH: Die Werbung für die Wohnungen im Gasometer lässt vermuten, dass es nicht leicht ist, die Wohnungen zu besiedeln.

RAINER: Wir haben seinerzeit den Vorschlag gemacht, ein technisches Museum daraus zu machen. Dafür war es ideal geeignet. Große, leere Räume, in denen ohne weiteres Flugzeuge und Schiffe hätten gezeigt werden können. Das nicht zu nutzen und stattdessen im 14. Bezirk das alte technische Museum auf die ungeschickteste Weise umzubauen und Zigmillionen zu verwenden, um den Raum höher zu machen, gleichzeitig keinen Zentimeter an Ausstellungsfläche zu gewinnen, ist ein Kapitel für sich.

Hat die Stadtflucht nicht auch mit der engen Wohnsituation der Menschen zu tun?

POSCH: Sicher, die Zersiedelung ist eine Folge der schlechten Wohnverhältnisse. Ich kann nur sagen, was hier im Städtebau gemacht wird, ist anti-demokratisch. Im Sommer 2001 ergab eine Meinungsumfrage, dass sich 65 Prozent der Wiener Bevölkerung gegen den Hochhaus-Bau aussprechen, wobei bei Frauen die Ablehnung bei 75 Prozent lag.

RAINER: Ich habe 1958 bis 1961 ein Planungskonzept für Wien entwickelt, das vom Gemeinderat einstimmig angenommen wurde.

Was ist Ihnen in Ihrer Zeit als Stadtplaner von Wien konkret gelungen?

RAINER: Machbar war zum Beispiel der Schutz der Grünräume in der Stadt. Dann wurden die Bezirkszentren eingerichtet, was dem Konzept der inneren Dezentralisation entspricht. Weiters der Donauraum, wobei ich den Donauraum grün geplant habe und nicht betoniert. Ich bin mit dem Ergebnis zufrieden, habe aber gemerkt – und das war der entscheidende Grund, warum ich das Amt 1963 niedergelegt habe –, dass immer weniger von meinem Konzept verwirklicht worden ist. Ein weiterer Hauptgrund war, dass man begonnen hat, Hochhäuser zu bauen. Ich hätte jahrzehntelang zusehen müssen, wie man das Gegenteil von dem macht, was ich verlangt habe.

Wilfried Posch: „Was im Städtebau gemacht wird, ist anti-demokratisch."

POSCH: Vor allem in den letzten zehn Jahren hat die Veränderung des Wirtschafts- und Gesellschaftssystems zu einer extrem planungsfeindlichen Einstellung geführt. Es gibt weite Kreise, die meinen, dass die Wirtschaft die Planung der Stadt zum Wohle aller von selbst regelt.

RAINER: Das ist der neueste Unsinn! Hingegen wäre es wichtig, zwischen Arbeits- und Wohnstätte zu unterscheiden. Eine Arbeitsstätte kann als Hochhaus, wenn es sich zum Beispiel um ein großes Verwaltungsgebäude handelt, bis zu einem gewissen Grad gut sein. Absolut ungeeignet ist es in meinen Augen zum Wohnen.

Architekten, die Hochhäuser planen, wohnen ja meistens nicht selbst dort.

RAINER: Das ist der nächste Fehler. Ich wohne immer genauso, wie ich plane. Sonst plane ich etwas, das ich nicht kenne.

POSCH: Für Wien ist die jetzt im Gang befindliche Entwicklung eine Verarmung. Solange der Stephansdom als Nadel in der inneren Stadt und den umgebenden Bezirken zu sehen war, konnte man wirklich von einem Zeichen sprechen. Jetzt kommt es zu einer Inflation von Türmen: die Versicherungen am Donaukanal, die Porr-AG am Laaer Berg etc. Aber wenn sich Zeichen vermehren, verlieren sie an Bedeutung.

Und wo bleibt die Ästhetik?

RAINER: Davon redet schon lange niemand mehr.

POSCH: Ästhetik ist keine politische Kategorie mehr.

RAINER: Was heute in der Innenstadt geschieht, wird auch seitens der Architekten nicht mit Architekturargumenten verteidigt. Ich werde nie verstehen, warum die benachbarten Grundstückseigentümer nicht auf Schadenersatz klagen.

Aber wenn die Ästhetik keine Rolle mehr spielt, ist das ja auch für den Architekten frustrierend.

RAINER: Ja, aber welcher Architekt ist noch ein Architekt und nicht in erster Linie ein Geschäftsmann?

Sehen Sie diese Tendenz auch bei Ihren Studenten?

POSCH: Die heutige Studentenschaft ist sehr deprimiert über die Berufsaussichten. Die Architekten, die heute noch Qualität anstreben, sind kleineren Einheiten verpflichtet und haben ihre Chancen dort, wo überschaubare Größen sind.

RAINER: Architektur ist – leider oder Gott sei Dank – etwas ganz anderes als die Massenproduktion von Wohnungen. Architektur muss Wege angeben und finden.

POSCH: Man sollte immer wieder darauf hinweisen, dass es in Wien zwischen 1918 und 1934 eine Siedler- oder Gartenstadtbewegung gegeben hat, die von den Sozialdemokraten gefördert wurde. In 40 Siedlungen sind 7.000 Reihenhäuser mit Gärten gebaut worden und zwar für einfache Arbeiter und nicht für die elitäre Oberschicht.

RAINER: Auch die Schrebergärten sind ein Beweis dafür, dass dieses Denken richtig ist. Weil diese 150 m^2 den Leuten genügt haben, sich aus den Zinskasernen zu retten. Hätte man diese

Schrebergartenhütten damals ein bisschen besser gebaut, hätte man heute Reihenhaussiedlungen wie in London oder Holland.

Jetzt ist teilweise eine Umwidmung der Schrebergärten im Gange.

RAINER: Das ist wiederum das Ruinieren einer guten Idee. Statt dieses Schrebergartens gibt es jetzt eine kleine Villa. Aber was bedeutet das? Nach der Bauordnung muss ich dort einen Kanal und eine Straße bauen und der Gedanke des Gartens ist zerstört.

Welche Entwicklungen wären Ihrer Meinung nach für den Städtebau im Wiener Raum notwendig?

POSCH: Ein Denken, das nicht an den Stadtgrenzen Halt macht, sondern den Umraum miteinbezieht, um eine geordnete Siedlungsentwicklung zu ermöglichen. Weiters eine Rückkehr zu jenen Wohnformen, die die Bevölkerung haben will: Haus mit Garten, Reihenhaus, Hofhaus ...

RAINER: Terrassenhäuser.

POSCH: Mit einer vernünftigen Stockwerksanzahl. Die Bauten von Alt Erlaa sind nicht unbedingt ein ideales Beispiel.

RAINER: Richtig ist im Allgemeinen: nicht über drei Geschoße.

POSCH: Eines ist auch noch ganz wichtig: Es sollte nie – was den Wohnbau betrifft – zu einer Mono-Kultur kommen, sondern es sollte immer eine Mischung aus verschiedenen Wohnformen geben.

RAINER: Man muss wissen, dass alle Betrachtungen weit über die Stadtgrenzen hinaus gehen. Stadt ist überall dort, wo städtisch gedacht wird, und nicht innerhalb gewisser Grenzen.

POSCH: Und um beim Aktuellen zu bleiben: Dieser Wildwuchs an Hochhäusern, wie er jetzt beginnt, müsste eingedämmt werden.

RAINER: Eingedämmt ist viel zu wenig, der müsste verboten werden!

22. April 2002, Atelier Roland Rainer

ROLAND RAINER

Geboren 1910 in Klagenfurt (Kärnten). 1928–1933 Architektur-Studium an der Technischen Hochschule in Wien. Seit 1932 als selbstständiger Architekt tätig. 1953–1956 Professuren an den Technischen Hochschulen in Hannover und Graz. 1956–1980 Leiter der Meisterschule für Architektur an der Akademie der bildenden Künste in Wien (1960–1962 auch Rektor). 1958–1963 Stadtplaner von Wien. Von 1980 bis 1999 Präsident des Österreichischen Kunstsenates (ab 1999 Ehrenpräsident). Zahlreiche Auszeichnungen und Ehrendoktorate im In- und Ausland, u. a. Großer Österreichischer Staatspreis (1962), Goldenes Ehrenzeichen für Wissenschaft und Kunst (1979), Fritz-Schumacher-Preis. Zu seinen wichtigsten Bauten zählen u. a. das ORF-Zentrum am Küniglberg, die Wiener Stadthalle und die Mehrzweckhalle Ludwigshafen. In Sachen Wohnbau erwiesen sich die Flachbausiedlungen in Mannersdorf und Wien sowie die drei Gartenstadt-Projekte in Puchenau als richtungsweisend.

WILFRIED POSCH

Geboren 1940. 1966–1971 Studium an der Akademie der bildenden Künste in Wien. 1974–1976 Doktoratsstudium an der Technischen Universität Graz. 1972–1978 Mitarbeiter des Ateliers von Roland Rainer und Ernst Wilhelm Heiss. 1976–1995 Assistenzprofessor am Institut für Planungsgrundlagen der Akademie der bildenden Künste in Wien. 1984 Habilitation, Ludwig-Jedlicka-Gedächtnis-Preis. 1985 Preis der Österreichischen Fachpresse. 1986 Berufung in die Beratergruppe Donauraum, später Mitglied der Jury „Chancen für den Donauraum Wien“. 1992–1996 Beiratsmitglied des des Wiener Altstadterhaltungsfonds. Mitglied der österreichischen UNESCO-Kommission und des ICOMOS Nationalkomitees. 1995 Berufung zum Leiter der Lehrkanzel für Städtebau und Wohnungswesen an der Hochschule für künstlerische und industrielle Gestaltung in Linz.

Kunst im Prisma asiatischer Kultur

ÜBTEN KRITIK AN DER THEATERSTADT WIEN: MICHAEL SCHOTTENBERG UND WOLFRAM BERGER

Im Herbst 2002 wurde Michael Schottenberg für seine Talisman-Inszenierung am Volkstheater sowohl mit dem Nestroy-Preis als auch mit dem Skraup-Preis ausgezeichnet. Verantwortlich dafür zeichnete eine bestechend klare Erzählweise, die nicht zuletzt auf Schottenbergs Faible für fernöstliche Philosophie zurückzuführen ist. Wie die Situation in der Theater- und Filmwelt hinter den Kulissen aussieht, diskutierte Schottenberg mit Wolfram Berger, der dank seiner Vielfältigkeit die Kunstszene aus den verschiedensten Blickwinkeln kennt.

Warum sollte das Gespräch ausgerechnet in einem japanischen Restaurant stattfinden?

WOLFRAM BERGER: Vielleicht weil es den Satz gibt: Der Buddhismus ist der Jazz unter den Religionen.

MICHAEL SCHOTTENBERG: Mein Interesse für asiatische Kochkunst hat vor zirka 20 Jahren der große Martin Schweighofer (Geschäftsführer der Austrian Film Commission, Anm.) geweckt. Da waren wir Pioniere. Was mich sofort fasziniert hat, war die Reduktion auf Geschmäcker und auf Optik. Auch das Leichte bzw. die Tatsache, dass es rein äußerlich sehr simpel wirkt, finde ich großartig. Da sind wir auch bei jenem Thema, das mich an der fernöstlichen Kultur fasziniert: diese Toleranz und unglaubliche Vielfalt, die spartenübergreifend von Medizin bis hin zur Philosophie reicht. Alles wirkt hell und klar und ist in Wirklichkeit sehr kompliziert. Diese Suche nach dem direkten Weg beschäftigt mich sehr! Eine klare Erzählweise zu finden, ist für mich der Inbegriff des Könnens. Sich auf das Wesentliche zu konzentrieren, lernt man übrigens speziell beim Film, wo man pausenlos dazu aufgefordert wird, dramaturgisch zu begründen, was der Punkt der Szene ist.

Es ist somit das Prinzip der Reduktion, das Sie an der asiatischen Philosophie fasziniert?

SCHOTTENBERG: Genau. Auf die Kunst bezogen: Ein Punkt von Picasso ist ein Leben lang erlitten und studiert.

Die Frage ist nur, ob auch erkannt wird, dass in diesem Punkt das ganze Leben liegt.

BERGER: Die das Sagen haben, erkennen das – mit ganz wenigen Ausnahmen – sehr selten. Allerdings gab es auch im österreichischen Fernsehen eine Zeit, wo ein paar Leute es ermöglicht haben, dass einige gute Filme entstanden sind.

SCHOTTENBERG: Heute ist es ein völliger Anachronismus zu sagen, dass im Fernsehen Filme produziert werden. Der ORF ist heute kommerzieller als jeder kommerzielle Sender. Gerd Bacher war der letzte Intendant, der gute Filme ermöglicht hat.

Woran liegt das Ihrer Meinung nach?

SCHOTTENBERG: In der Ära Bacher gab es diese Quotenschielerei noch nicht. Der ORF hat – seinem Auftrag gemäß – Kultur ernst genommen. Vor 20 Jahren war der ORF tatsächlich ein Tummelplatz für kreative, tolle Leute. Peter Turrini und Gerhard Roth durften schreiben, Franz Novotny und Fritz Lehner durften Filme drehen etc. Inzwischen ist Eiszeit. Heute findet Kultur im Fernsehen praktisch nicht statt. Diesen Raum hat man der Filmindustrie weggenommen. Xaver Schwarzenberger ist der Einzige, der noch Literatur verfilmen darf.

BERGER: Trotzdem bin ich der Überzeugung, dass sich diese Schraube nicht so schnell dreht, wie es zeitweilig aussieht. Es gibt so viele junge Kreative, die auch ihren Weg finden. Wo und wie lange sie sich auf der Bildfläche behaupten können, ist allerdings eine andere Frage.

SCHOTTENBERG: Die Befriedigung des Unterhaltungsbedürfnisses sieht heute anders aus als früher. Auch die Maler malen anders und die Schriftsteller schreiben anders als vor hundert Jahren. Aber das Fernsehen ist ein Medium, das einen Auftrag hat und dem es eben nicht nachkommt. Was wird heute denn noch für Regisseure getan? Die sind arbeitslos oder müssen irgendeinen Dreck machen, den man ihnen vorsetzt. Diese ganzen so genannten beliebten Serien sind in der Branche völlig verhasst. Sogar die Filmproduzenten stöhnen unter dem Mist, der angeboten wird. Es ist wirklich die Hölle hinter den Kulissen.

Michael Schottenberg: „Wo sind die großen Wiener Volksschauspieler?"

Weshalb dann dieser Wunsch, neben Theater auch im Filmbereich tätig zu sein?

SCHOTTENBERG: Weil es reizvoll ist, etwas Neues zu versuchen, das man sich vielleicht erobern möchte. Die Spielregeln eines neuen Spiels zu lernen und im Rahmen dessen tolle Begegnungen zu haben.

Welche Herausforderung kommt nach dem Film?

SCHOTTENBERG: Es gibt in diesem Beruf viele Arten, um sich zu äußern. Ich würde wahnsinnig gerne einmal Oper oder Operette machen. Ich kann mit Musiktheater sehr viel anfangen.

BERGER: Ich habe meine Freude, wenn ich mit meinen Musiker-Freunden auftrete. Das war auch mit ein Grund, weshalb ich seit 1980 den klassischen Theaterräumen möglichst ausweiche, weil mich diese Situation beengt hat.

Übt die Theaterdirektion – beispielsweise bei Proben – einen direkten Einfluss auf den Entstehungsprozess eines Stückes aus?

SCHOTTENBERG: Nein, das hätte meiner Meinung nach auch keinen Sinn, weil immer das Vorfeld entscheidend ist. Katastrophen bahnen sich bereits drei, vier Monate vor der Premiere an. Und zwar in der unglücklichen Zusammensetzung des Ensembles bzw. in der schlechten Harmonie zwischen Regie und Ensemble. Wenn die Produktion läuft, ist dieses Schiff praktisch nicht mehr vom Kurs abzubringen. Und es ist völlig egal, ob der Direktor in den Proben drinnen sitzt oder nicht. Das Einzige, was der Direktor machen kann, ist, entweder das Stück zu loben oder es vor der Premiere zu kippen. Wie gesagt: Es ist bereits lange Zeit vorher entschieden.

BERGER: Deshalb habe ich auch nie daran gedacht, mich als Regisseur an einem „klassischen" Theater anzumelden. Weil ich einfach nicht ein Dreivierteljahr vorher exakt sagen kann, wie zum Beispiel das Bühnenbild beschaffen sein muss. Das widerstrebt meiner Art zu arbeiten. Ich hatte in der Schweiz das Glück, mit einer Gruppe zu inszenieren, die sehr flexibel war. Das konnte Schritt für Schritt wachsen.

SCHOTTENBERG: Es ist die Quadratur des Kreises. Auf der einen Seite muss man eine Produktion so lange wie möglich vor Verkarstung bewahren und sie in jeder Sekunde neu öffnen. Auf der anderen Seite ist man – wenn man im Theaterbetrieb involviert ist – hunderten Zwängen und beamteten Mitarbeitern ausgeliefert. Diese Menschen interessiert nicht die tolle Kreation der Sekunde, sondern die wollen und müssen wissen, was sie in einem halben Jahr auf die Beine stellen sollen. Zwischen kreativen Momentkünstlern und beamteten Bühnenmitarbeitern einen Weg zu finden ist schwierig. Diese Gärten der Freiheit muss man sich schon ziemlich gut bauen.

Wolfram Berger: „Speziell in Wien spürt man ein anderes Verhältnis zum Theater als beispielsweise in Zürich."

Wie bereiten Sie ein Theater-Projekt konkret vor?

SCHOTTENBERG: Ich gehe mit einem Stück relativ lange schwanger umher und überlege mir, welche Schauspieler in den Hauptrollen passen könnten. Dann suche ich das Gespräch, um herauszufinden, wie diese Menschen aufeinander reagieren. In der weiteren Folge überlege ich mir den ungefähren Rahmen und die Erzählweise. Mit diesem Wissen gehe ich zum Direktor, der somit relativ genau Bescheid bekommt, was er zu erwarten hat. Damit sind schon viele Missverständnisse ausgeräumt. Ich habe ein paar Eckpfeiler, an denen ich festhalte. Innerhalb der Szenen reagiert natürlich schon der Schauspieler.

Ist die Arbeitsweise, wie Herr Schottenberg sie beschreibt, der Normalfall?

BERGER: Ich denke schon. Klar habe ich verschiedene Regisseure kennen gelernt: autoritärere, gröbere als ihn. Es gibt natürlich die unterschiedlichsten Duchsetzungsmethoden. Ich habe schon unglaubliche Kämpfe und Diskussionen heftigster Art miterlebt.

SCHOTTENBERG: Schauspielern gegenüber kann man nicht offen und weich genug sein. Vorausgesetzt natürlich, dass sie mit mir arbeiten wollen und ich mit ihnen. Aber das sollte man, wie gesagt, vorher abklären.

BERGER: Ich habe es als Schauspieler zum Beispiel sehr gern, wenn ich weiß, dass jemand im Publikum sitzt, der mir gerne zuschaut. Falls das nicht der Fall ist, muss ich mir immer vorstellen, wie mir meine Großmutter zuschauen würde. Dann spiele ich schon wieder lieber.

Was hat Sie so lange in die Schweiz verschlagen? War das eine Art Flucht vor Österreich?

BERGER: Ein bisschen schon. Mir ist diese Grazer Raunzerei auf die Nerven gegangen. Diese Selbstzerstörungslust. Nach Basel bin ich natürlich auch deshalb gegangen, weil dort eines der besten Theater war. Dann folgten Aufenthalte in Stuttgart, Bochum und Bremen, bis ich wieder in die Schweiz bzw. nach Österreich ging. Jetzt habe ich meine bisherigen Heimatländer quasi zusammengelegt.

SCHOTTENBERG: Eines muss man allerdings an dieser Stelle trotzdem sagen: Es ist erstaunlich, dass die Theaterstadt Wien es sich leistet, namhaften Schauspielern nicht wirklich den Stellenwert zu geben, den sie haben müssten. Im Grunde genommen lebt das deutschsprachige Theater, wo immer Sie hinkommen – in Würzburg, in München, in Hamburg, in Berlin –, von österreichischen Schauspielern, die alles spielen, was gut und teuer ist. Das Unglaubliche daran ist, dass sie in Wien keine Chance haben! Es gibt so viele hinreißende Kollegen wie beispielsweise Peter Simonischek, die jahrzehntelang in Berlin spielen, im Grunde aber nach Wien wollen. Aber man lässt sie nicht hinein! Warum, weiß kein Mensch. Oder eben Wolfi Berger. Ich verstehe nicht, warum ein Mann mit seiner Kapazität in Wien nicht mit Rollen gefüttert wird.

BERGER: Wobei ich glaube, dass ich eine Ausnahme bin, weil ich mich so gar nicht darum reiße. Ich würde mich natürlich freuen, wenn ich mit Michael Schottenberg dazu käme, eine schöne Rolle an einem großen Haus zu spielen, weil man speziell in Wien ein anderes Verhältnis zum Theater spürt als beispielsweise in Zürich.

SCHOTTENBERG: Tatsächlich ist es aber so, dass Wien seine Freunde nicht pflegt. Es ist fast schon ein Stigma, aus der Stadt zu sein. Und ich stelle jetzt ganz laut die Frage in den Raum: Wo sind die großen Wiener Volksschauspieler? Es gibt den Toni Böhm am Volkstheater. Aber wen noch? Dabei existiert ein unglaubliches Reservoir an höchst guten Schauspielern. Warum pflegt man die nicht? Muliar ist sehr alt. Aber warum bekommt zum Beispiel Ossy Kolmann nicht mehr Rollen? Es gibt keinen Herbert Probst mehr, Heinz Petters hat auch schon längst resigniert. Sie werden alle rausgebissen. Die großen Weinberls und Zanglers gibt es quasi nur noch im Exil. Und in Wien herrscht gähnende Leere. Dabei sind es doch immer die Köpfe, die es ausmachen, die unverwechselbaren Profile und herrlichen Stimmen!

Sie sagen: Die Größen kommen nicht zum Zug. Ist das ein politisches Spiel?

SCHOTTENBERG: Nein, es gibt drei, vier Direktoren in Wien, die das entscheiden.

Wodurch ließe sich diese Situation verändern?

SCHOTTENBERG: Wenn andere Direktoren zum Zug kämen.

28. Oktober 2002, Japan-Restaurant Tenmaya

MICHAEL SCHOTTENBERG

Geboren 1952 in Wien. 1971–1974 Schauspielseminar am Salzburger Mozarteum, ab 1975 mehrjährige Engagements in Wien u. a. am Theater in der Josefstadt, Theaterwerkstatt Wien, Freie Volksbühne Berlin, Schauspielhaus und Volkstheater Wien. 1980 Förderungspreis zur Kainz-Medaille der Stadt Wien. 1984 Gründung und Leitung vom „Theater im Kopf". Ab 1987 Regietätigkeit am Theater sowie für Film und Fernsehen. Hauptrollen u. a. in den Filmen „Kottan II – Der Geburtstag", „Tote auf Urlaub", „Im Kreuzfeuer". 1997 Friedrich-Luft-Preis der Stadt Berlin. 2002 wurde Schottenberg für seine „Talisman"-Inszenierung am Volkstheater mit dem Nestroy-Preis bzw. mit dem Karl-Skraup-Preis ausgezeichnet.

WOLFRAM BERGER

Geboren 1945 in Graz. Nach Abschluss seiner Schauspielausbildung Engagements in Graz, Basel, Zürich, Stuttgart und Bochum. Seit 1980 als freischaffender Schauspieler, Regisseur, Sänger und Kabarettist tätig. 1986 Gründung des „Rotta-Theaters". Neben seiner Film- und Fernsehtätigkeit entstehen musikalisch-satirisch-poetische Programme wie z. B. „Engel im Kopf", „Jazz me if you can – Ernst Jandl" und „Dances with Wolfi". 1997 mit dem „Salzburger Stier" ausgezeichnet, 2001 zum „Schauspieler des Jahres" (ORF, Bereich Hörspiel) gewählt. Wolfram Berger lebt in Wien und Basel.

Über die Kunst der Provokation

Zwillingsbrüder mit unterschiedlichem Temperament: Dieter und Wolfgang Berner

Als in den 70er Jahren Peter Turrinis „Alpensaga" im ORF in der Regie von Dieter Berner ausgestrahlt wurde, kam es zu einer Flut von Protesten. Ein nicht zuletzt auch medial aufbereiteter „Skandal", der sich andererseits positiv auf den Bekanntheitsgrad der „Alpensaga" auswirkte. Inwiefern Künstler das Thema Provokation bewusst in ihr Schaffen integrieren, erörterte Dieter Berner mit seinem Zwillingsbruder Wolfgang Berner, seines Zeichens Direktor des Instituts für Sexualforschung und Forensische Psychiatrie am Universitätsklinikum Hamburg.

WOLFGANG BERNER: Kann Kunst in Zeiten, wo es die Möglichkeit gibt, sich aus dem Internet Pornos und Gewaltfilme herunterzuladen, noch provozieren?

DIETER BERNER: Ich glaube, dass das Thema Provokation in Österreich nach wie vor sehr gut funktioniert. Speziell die audiovisuellen Medien wollen den Konsumenten mit einprägsamen Signalen locken.

W. BERNER: Ich persönlich habe immer das Gefühl gehabt, dass die Provokation nicht meine Art ist, mit Dingen umzugehen. Von uns beiden warst du immer der viel Provokantere.

D. BERNER: Du meinst, es ist nicht zuletzt auch eine Charaktersache, dass du dich für die Wissenschaft entschieden hast und ich mich für die Kunst?

W. BERNER: Ja, wobei ich mich erinnern kann, dass für uns beide das Lesen sehr wichtig war. Aber auch durch das, was wir gelesen haben, haben wir uns differenziert. Ich war immer eher für die milderen Autoren, du eher für die schärferen.

D. BERNER: Für die radikaleren.

W. BERNER: Ich habe Camus geliebt, du Sartre. Mir war immer die Kontrolle wichtiger. Deshalb habe ich mich der Wissenschaft zugewandt, obwohl auch in diesem Bereich ein gewisser Grad an Provokation wichtig ist.

D. BERNER: Jetzt stellt sich die Frage, ob unser Weg nicht ein

Zeichen dafür ist, dass Wissenschaft und Kunst nur zwei Seiten einer Medaille sind?

W. BERNER: Da kann ich gar nicht widersprechen. Die Wissenschaft entwickelt Modelle, wie Dinge funktionieren könnten, und ist eher kühl und kontrolliert. Die Kunst ist die Aktion.

D. BERNER: Die Kunst schafft die Metapher, in der man als Zuschauer das Leben erkennen kann.

W. BERNER: Sozusagen ein Bild, das etwas ausdrückt, was man vielleicht noch gar nicht wissenschaftlich fassen kann.

D. BERNER: Ich habe oft den Eindruck, dass Theaterstücke oder Filme besonders wirksam sind, wenn es dem Künstler gelingt, sein Unbewusstes sprechen zu lassen. Das heißt, wenn sich das Unbewusste des Künstlers direkt an das Unbewusste des Zuschauers wendet.

W. BERNER: Es gibt viele psychoanalytische Theorien zum Thema Kunst. Eine davon, die mir besonders gut gefällt, besagt, dass den Künstler die Fähigkeit auszeichnet, tief ins Unbewusste einzutauchen, aber auch wieder schnell herauszukommen. Kunst heißt nicht nur, das Unbewusste grunzen zu lassen, sondern man muss auch ein Ich zur Verfügung haben, das Unbewusstes in eine mitteilbare Gestalt bringt.

D. BERNER: Also über die Ästhetik einen sprechenden Ausdruck zu finden. Die Beziehungsaufnahme zu dem, für den man etwas erzählt, ist ein wichtiger Punkt in der Kunst. Provokation kann durchaus ein Ansatz für ein intensives Interesse sein. In einem autoritären System versteht man die Provokation als Kampfansage. In einem egalitären System …

W. BERNER: … als positive Herausforderung. Dass Wissenschaft keineswegs nur kontrolliertes Denken ist und auch auf Dauer nicht funktioniert, wenn sie nicht durch Provokationen herausgefordert und geleitet wird, beweist die Erfindung des Penicillins: Alexander Fleming, der Entdecker des Penicillins, wollte ursprünglich bestimmte Bakterienkulturen analysieren und bemerkte, dass in jenen Petrischalen, in die Schimmel hineingekommen war, die Bakterien zugrunde gegangen sind. Im Grunde war das eine Störung seines Experiments, aber aus diesem Projekt entstand die große Entdeckung des Penicillins.

Dieter Berner: „Mich interessiert ein differenzierter Umgang mit Gewalt."

D. BERNER: Ein wunderbares Beispiel für die Notwendigkeit, etwas Unkonventionelles aufzunehmen, um den Prozess der Weiterentwicklung in Gang zu setzen. In der Politik schafft die Demokratie jene Voraussetzungen, die für eine Veränderung notwendig sind.

W. BERNER: Eine der schönsten Definitionen von Demokratie ist in Büchners „Dantons Tod", wonach die Staatsform wie das Kleid einer Frau sein sollte: so durchsichtig wie möglich und gleichzeitig den Körper der Frau möglichst wenig einengend.

D. BERNER: Zunächst war das Ergebnis der Französischen Revolution allerdings Napoleon.

W. BERNER: Und davor noch Terror. Im Grunde ist die Französische Revolution die Provokation schlechthin. Eine Provokation gegen die autoritäre Aristokratengesellschaft, gegen den Absolutismus. Man kann sich natürlich den Kopf darüber zerbrechen, inwiefern die Entwicklung zur modernen, demokratischen Gesellschaft ohne den Terror der Französischen Revolution möglich gewesen wäre.

D. BERNER: England ist ein Beispiel dafür, dass der Übergang von einer autoritären, feudalen Gesellschaft zu einer bürgerlichen schrittweise erfolgte. Die Gesellschaft der Sowjetunion hat sich auch ohne Krieg und Gewaltexzesse verändert.

W. BERNER: Man sieht, dass das Thema der Provokation ein sehr komplexes ist. Die Frage ist: Wie weit soll bzw. darf Provokation gehen? Ist der 11. September, also der Angriff der arabischen Welt auf die westliche, eine Provokation wie die Französische Revolution? Ein erstes Zeichen dafür, dass uns eine große Weltänderung bevorsteht? Die Wissenschaft weiß nichts dazu.

D. BERNER: In Amerika löst es zunächst als Gegenreaktion eine Einschränkung der demokratischen Freiheiten aus und führt zu einer kriegerischen Haltung mit teilweise religiös fundamentalen Begründungen.

W. BERNER: Gut, das ist die Propaganda, aber es gibt auch einen autoritären Reflex. Es scheint fast ein Gesetz zu sein, dass derjenige, der die Macht hat, sie auch gebrauchen muss. Und wenn er sie nicht gebraucht, dann wird sie ihm bald weggenommen.

D. BERNER: Die Frage ist, ob es nicht gut wäre, wenn man die Macht verliert. Der Sinn des demokratischen Systems ist, dass die Macht nicht als etwas Starres, sondern als etwas Lebendiges begriffen wird. Eigentlich müsste eine Weltmacht wie Amerika dafür sorgen, dass Macht in der Welt wie in kommunizierenden Gefäßen fließen kann. Aber da spricht natürlich der Utopist in mir.

W. BERNER: Ich denke, dass weder die Wissenschaft noch die Kunst die eigentlichen Machtträger sind, sondern viel eher die Clowns der Gesellschaft. Die Wissenschaftler werden instrumentalisiert und die Künstler dürfen sich auch nur am Rande Provokationen erlauben.

D. BERNER: Werner Herzog hat vor vielen Jahren den Ausspruch getan: Die Gesellschaft braucht Filme genauso wie Särge und Klopapier.

W. BERNER: Zur Affektentsorgung.

D. BERNER: Nicht Entsorgung, sondern der Mensch muss sich mit sich selbst beschäftigen, ansonsten wird er krank.

W. BERNER: Er soll sich aber nicht zu viel mit sich selbst beschäftigen, sonst wird er auch krank.

D. BERNER: Ja, aber meiner Meinung nach ist es so, dass das, was früher den Menschen aus religiösen Gründen dazu bewogen

Wolfgang Berner: „Wissenschaft ist keineswegs nur kontrolliertes Denken."

hat, sich am Sonntag mit sich selbst zu beschäftigen, dass diese Rolle heutzutage einerseits von der Kunst, andererseits von der Psychoanalyse übernommen wird.

W. BERNER: Glaubst du wirklich, dass Kino zur Reflexion anregt?

D. BERNER: Ja, selbst ein absoluter Massenfilm wie zum Beispiel Titanic. Es gibt meiner Meinung nach gar keine Unterhaltung ohne einen kleinen Anteil von „Botschaft" – also eine Aufforderung, einen Wert zu erkennen.

W. BERNER: Du meinst, Kino bzw. Theater als moralische Anstalt funktioniert noch immer?

D. BERNER: Es funktioniert noch immer.

W. BERNER: Mir fällt auf, dass die großen architektonischen Wunderwerke, die früher die Kirchen waren, jetzt die Museen sind.

D. BERNER: Auf das wollte ich hinaus. In einer säkularisierten Gesellschaft ist so etwas wie ein Gott notwendig – aber Gott in Form eines Wertes, an den man glaubt.

W. BERNER: Aber den kann man nicht von außen oktroyieren, sondern der muss aus den Menschen herauskommen.

D. BERNER: Durch die Beschäftigung mit Geschichten und Geschichte kann dieser Wert, der Richtlinien fürs Leben bringen soll, geschaffen werden.

Zum Thema Gewalt in Film und Fernsehen gibt es die unterschiedlichsten Theorien. Denken Sie, dass die reale Gewalt zurückgehen würde, wenn es in Filmen weniger Gewaltszenen gäbe?

D. BERNER: Wenn ich Filme mache, bin ich natürlich einem Zwiespalt ausgesetzt. Gewalt schafft Dramatik, und die Dramatik ist die Voraussetzung dafür, dass sich viele Menschen einen Film anschauen. Das Fernsehen ist demselben Konflikt ausgesetzt: Einerseits soll nicht zu viel Gewalt vorkommen, andererseits müssen Quoten erreicht werden.

W. BERNER: Die kann man sofort erhöhen, indem man ein paar Sexfilme ins Programm aufnimmt.

D. BERNER: So einfach ist es Gott sei Dank nicht. Mich interessiert ein differenzierter Umgang mit Gewalt. Was sagst du als Wissenschaftler dazu?

W. BERNER: Es gibt wissenschaftliche Untersuchungen, die besagen, dass Gewaltdarstellungen in Filmen zu realer Gewalt anregen. Ich glaube aber trotzdem eher, dass es eine gegenseitige Beeinflussung ist, dass Kunst nur eine Metapher der Wirklichkeit ist und etwas vordenkt, das irgendwann in anderer Form – entweder in der Wissenschaft oder eben konkret – passiert. Demgegenüber gibt es auch wissenschaftliche Modelle, die von einer Ventilfunktion sprechen. Gewaltdarstellungen haben somit eine Doppelfunktion: Sie können als Ventil dienen – zum Abreagieren in Drucksituationen – oder als „Treibriemen", der etwas erst in Gang bringt.

D. BERNER: Die Frage, die sich immer sofort anschließt, ist: Soll man Gewalt in den Filmen verbieten?

W. BERNER: Ich bin der Meinung, man sollte sie begrenzen. Speziell zum Thema Pornographie gibt es fundierte Studien. Es hat sich herausgestellt, dass es eine gewisse Korrelation zwischen Vergewaltigungen und Gewaltpornographie in Filmen gibt.

D. BERNER: Das heißt, du bist für eine beschränkte Zensur?

W. BERNER: Ja, für eine vernünftige Beschränkung. So wie die Prohibition beim Alkoholismus nichts gebracht hat, würde das totale Verbieten von Gewaltfilmen auch nichts bringen.

D. BERNER: Die Frage ist – auch bei Suchtmitteln wie Heroin –, ob es nicht besser wäre, wenn man sie freigeben würde?

Wolfgang Berner: „Es muss mit Augenmaß regiert werden."

W. BERNER: Nein, davon bin ich überzeugt. Gerade in der Behandlung von Süchtigen gab es Experimente mit Liberalisierung und Experimente mit strenger Haltung – beide Extreme funktionieren nicht. Es muss mit Augenmaß regiert werden. Wobei Sucht und Gewalt natürlich dort am meisten drohen, wo keine Beziehungen vorhanden sind.

D. BERNER: Es gibt eine sehr schöne Theorie, wie Theater entstanden sei: Die menschliche Urhorde hat entdeckt, dass sie bei einem Ereignis, das sie erschreckt, zuerst aufschreckt und dann zu tanzen beginnt. In diesem Gemeinschaftserlebnis haben sie erfasst, dass sie eine gewisse Stärke entwickeln. Daraufhin wurden diese Tänze jedes Mal vor einer Jagd aufgeführt. In diesen Tänzen wurde auch der Prozess der Jagd nachgespielt, und aus diesen Rollenspielen ist allmählich das Theater entstanden. Ich denke, dass in Analogie zu diesem Prozess Kunst eine jener Institutionen ist, die dem Menschen bewusst macht, dass er nicht alleine ist, sondern dass es auch andere gibt, die ähnlich wie er empfinden.

14. März 2003, Café Kafka

DIETER BERNER

Geboren 1944 in Wien. Studien an der Akademie für Musik und darstellende Kunst und am Max-Reinhardt-Seminar in Wien. Nach Abschluss der Ausbildung Gründung einer eigenen Truppe („Theater der Courage"), die für die Erneuerung der Wiener Off-Theaterszene von wesentlicher Bedeutung war. Ab 1972 Gastregisseur an Theatern in Deutschland, der Schweiz und in Österreich. Nach 1976 fast ausschließlich Filmregie. Zahlreiche Auszeichnungen für die Fernsehserie „Alpensaga" (1976–1980, Buch von W. Pevny und P. Turrini). Weitere Preise u. a. für die Filme „Die Verlockung" (1989), „Joint Venture" (1995), „Die Verhaftung des Johann Nepomuk Nestroy" (2000). Lehrtätigkeit u. a. an der Deutschen Film- und Fernsehakademie Berlin sowie an der Wiener Kunstuniversität Abteilung Film.

WOLFGANG BERNER

Geboren 1944 in Wien. Medizinstudium in Wien. 1972–1986 Ausbildung und Tätigkeit an der Psychiatrischen Universitätsklinik in Wien. Therapeutischer Leiter einer Justiz-Sonderanstalt für Sexualstraftäter in Wien. 1985–1993 Präsident der Wiener Psychoanalytischen Vereinigung. Seit 1995 Direktor des Instituts für Sexualforschung und Forensische Psychiatrie am Zentrum für Psychosoziale Medizin des Universitätsklinikums Hamburg. Zahlreiche Veröffentlichungen in Büchern und Fachzeitschriften zu den Themen Sexualdelinquenz, Pädophilie, Sadismus und Borderline-Persönlichkeitsstörungen.

Von Künstlern und Kitschindianern

PETER PONGRATZ UND TONI BÖHM ÜBER BÜHNEN- UND SEELENLANDSCHAFTEN

„Bildernarren wie ich gehen nicht von existierenden Bildern aus. Sie erfinden neue, die es noch nie zuvor gegeben hat." Ein Zitat des österreichischen Malers Peter Pongratz, das sich auch in seinen Bühnenbildern widerspiegelt, die in den 70er und 80er Jahren entstanden sind. Wie sehr die Bühnengestaltung auf die Spielfreudigkeit von Schauspielern abfärbt bzw. wie viel „Kitsch" in der Kunst „erlaubt" ist, erörterte Pongratz mit dem Schauspieler Toni Böhm.

Wie wichtig ist für einen Schauspieler das Bühnenbild?

TONI BÖHM: Natürlich spielt das eine große Rolle.

PETER PONGRATZ: Sowohl im Negativen als auch im Positiven. Das hängt ganz von der Sensibilität des Bühnenbildners ab, dass er nichts baut, mit dem die Schauspieler todunglücklich sind. Aber auch von den Schauspielern, dass sie einen guten Willen zeigen, wenn einmal etwas passiert, was nicht ganz in ihrem Sinne ist.

BÖHM: Bevor eine Produktion beginnt, sollte es ein gemeinsames Treffen mit Regisseur, Bühnenbildner und Schauspielern geben.

PONGRATZ: Andererseits wissen wir, dass es im Theaterbereich Menschen gibt, die sich wahnsinnig gerne stilisieren, weil sie wissen, dass sie, wenn sie einen Wirbel machen, öfter in der Zeitung sind.

BÖHM: Für eine gute Aufführung ist das zumeist kontraproduktiv.

PONGRATZ: Aber wenn man sich halbwegs gern hat und wenn einem das Theater wichtiger – oder zumindest nicht unwichtiger – ist als die eigene Karriere, dann ist es erstaunlich, wie alle an einem Strang ziehen.

Funktioniert diese Kommunikation am Volkstheater?

BÖHM: Das ist von Produktion zu Produktion verschieden. Beispielsweise bei der Schottenberg-Inszenierung von Nestroys „Talisman" hatten wir Glück.

Sie sprechen die Bühnenkonzeption der ersten Szene an?

BÖHM: Genau. Diese filmische Lösung war toll. Man sah vom ganzen Bühnenraum nur einen Ausschnitt, was sehr zum Thema Ausgrenzung passte. Schottenberg ist meiner Meinung nach mit dieser „Talisman"-Bearbeitung ein Geniestreich gelungen.
PONGRATZ: Ich finde es irrsinnig schön, wenn bei einem Theaterstück in erzählender Weise ein Einstieg gefunden wird.

In Bezug auf Ihre Bilder ist der Begriff Schönheit ja eher ein Reizwort. Sie sagten des Öfteren, dass Sie keine schönen Bilder malen wollen, sondern ...

PONGRATZ: ... ausdrucksstarke Bilder. Ich will nichts machen, was dekorativ ist. Natürlich freut es mich, wenn mir jemand ein Bild abkauft, genauso wie Toni Böhm sich freut, wenn die Leute applaudieren. Aber die Leute applaudieren sehr häufig aus falschen Gründen. Ich möchte – wie alle Künstler –, dass man mich zumindest ein bisschen richtig versteht. Dekoration für die Wohnung oder Dekoration für das innere Seelenleben interessiert uns beide nicht besonders. Wir arbeiten, um uns und die Welt, die rund um uns ist, auszudrücken. Und da spielt Schönheit im klassischen Sinn bei mir gar keine Rolle.

Was ist Ihrer Meinung nach schön?

PONGRATZ: Ich habe es nie herausgekriegt. Tatsache ist, dass alles das, was ich schön finde, im Allgemeinen nicht als schön empfunden wird. Also habe ich es mir abgewöhnt, darüber zu reden.

Ausdruck geht also auf alle Fälle vor?

PONGRATZ: In meinem Fall ja.
BÖHM: Das glaube ich auch.
PONGRATZ: Nicht zu lügen, sondern wirklich das auszudrücken, was man empfindet. Wenn die Leute es als schön empfinden, soll es mir recht sein, wenn sie es nicht als schön empfinden, ist es auch nicht falsch.

Inwiefern ist Ausdruck an eine Seelensprache gekoppelt?

PONGRATZ: Kunst ist Seelensprache. Das auszudrücken, was man empfindet, wie emphatisch auch immer, ist doch etwas ganz Gutes. Im Übrigen glaube ich, dass das alle Leute könnten. Wenn man beispielsweise Kinder beobachtet, mit welcher Emphase sie im Theater sitzen oder zeichnen! Aber nach ein paar

Toni Böhm: „Am Theater ist es die Überraschung, die den Zuschauer beglückt.“

Jahren Schule, wenn der Erziehungsunfug zu greifen beginnt, ist diese Begeisterung fort.

BÖHM: Oder man muss sich den Zugang wieder erarbeiten. Vom Psychischen her weiß ich, dass ich durch meine Erziehung unglaublich ängstlich geworden bin und schwierige Phasen durchmachen musste. Erst jetzt – mit meinen 53 Jahren – lerne ich zu entdecken, was alles möglich ist.

PONGRATZ: Alles ist möglich!

BÖHM: Und das habe ich gemeint. Wenn man den Kick schafft und den eigenen Energielinien folgt, die ja, wie du zuerst gesagt hast, zugemacht sind, dann ist es herrlich!

Wie bewahrt man sich diese Freiheit?

PONGRATZ: Das ist eine Frage, die mir oft gestellt wird. Aber ich weiß es nicht. Vielleicht muss man schon in der Schule beginnen, nicht das zu glauben, was einem die Erwachsenen sagen.

Also der unangepasste Weg.

PONGRATZ: Allerdings – und da haben dann die Eltern wieder Recht – wenn es darum geht, ein wohlbefindliches, möglicherweise finanziell gut ausgestattetes Leben zu führen, dann ist dieser Weg falsch. Ich bin jetzt 62 und habe erst vor zehn Jahren begonnen, ein bisschen Geld zu verdienen. Wer würde sich das freiwillig antun? Wirklich gut verdienende Künstler können Sie in Österreich an den Fingern einer Hand abzählen.

BÖHM: Das große Geld ist am Theater auch eher nicht zu verdienen – wenn, dann im Film.

PONGRATZ: Ich habe viele Jahre Bühnenbild gemacht und gleichzeitig muss ich sagen, dass ich nie so schlecht verdient habe wie in dieser Zeit. Ich habe es gemacht, weil ich wahnsinnig gerne Geschichten höre – die auch in Bildern erzählt werden. Ich glaube, dass der Bühnenbildner etwas kreieren muss, das der Schauspieler mit der Sprache nur schlecht ausdrücken kann. Wo eben das Bild nachhelfen muss.

BÖHM: Eines meiner tiefsten Erlebnisse in Bezug auf Bühnenbild und Schauspielerei waren Tschechows „Die drei Schwestern" in einer Inszenierung von Peter Stein. Da gab es eine Szene, wo im Hintergrund ein Dorf in Flammen stand und man den Feuerschein durch eine halb geöffnete Tür sah. In diesem Türrahmen stand im Gegenlicht ein Offizier, der sich eine Zigarette ansteckte und kein Feuer fand. Das war großartig! Nach Jahren habe ich Peter Stein auf diese Szene angesprochen, aber er konnte sich nicht mehr daran erinnern.

PONGRATZ: Das ist das Schöne am Theater, wenn es sofort ins Herz hineingeht. Dass hinter den Kulissen natürlich auch fleißig gestritten wird, ist ein anderes Kapitel.

„Jeder Künstler muss egozentrisch und von sich selbst eingenommen sein."

BÖHM: Jeder Künstler muss egozentrisch und von sich selbst eingenommen sein. Man hat ein spezielles Bild, eine Seelenlandschaft vor sich.

PONGRATZ: Und die projiziert man in seine Arbeit.

BÖHM: Die Frage ist nur, wie offen man dann für andere Einflüsse ist.

PONGRATZ: Das ist ja das Faszinierende und deshalb habe ich das Theater immer gern gehabt. Allein im Atelier zu stehen und für die Ewigkeit zu malen kann man mögen oder nicht. Aber am Theater spielt die Ewigkeit keine Rolle. Es geht schlicht und einfach ums Jetzt.

BÖHM: Am Theater ist es die Überraschung, die den Zuschauer beglückt. Wenn gerade das eintritt, was man nicht erwartet – dann wird gelacht.

PONGRATZ: Diese Art von Spiel ist in der Malerei nicht möglich. Man kann zwar andere Überbrückungen von Selbstverständlichkeiten einfließen lassen, aber die sind viel schwerer verständlich und nie so witzig. Übrigens glaube ich, dass der Grund, weshalb so wenige bildende Künstler mit dem Theater zu tun haben, darin liegt, dass sie diesbezüglich eher humorlos sind. Ich liebe Geschichten und Theateranekdoten, aber ich bin ein Ausnahmefall.

BÖHM: Kennst du die Geschichte mit den drei alten Damen in Carlo Goldonis „Mirandolina"?

PONGRATZ: Nein.

BÖHM: Da gibt es eine Stelle, wo Mirandolina auftritt, mit einer Glocke läutet und ruft: „Essen fertig!" Woraufhin die drei etwa 90-jährigen Damen, die in der ersten Reihe gesessen sind, aufstanden und hinausgingen. So sehr waren sie in der Geschichte drinnen!

PONGRATZ: Köstlich! Genau in dieser Unmittelbarkeit liegt die Stärke des Theaters.

Elfriede Jelinek schrieb in einem Essay: „Es gibt Künstler wie den Peter Pongratz, die hell sind, ohne einem dabei entgegenzukommen. Ich glaube, er selbst ist das Helle."

PONGRATZ: Ich war sehr erfreut, das zu lesen. Und wenn ich es so interpretiere, wie ich es interpretiere, was nicht heißt, dass ich es so interpretiere, wie Elfriede Jelinek es interpretiert, glaube ich, dass sie Recht hat. Es klingt sehr nach Kompliment und ich bitte für mich dafür um Entschuldigung, aber ich glaube wirklich, dass ich ein offener Mensch bin.

BÖHM: Dieses Kompliment kann ich jetzt weitergeben, weil ich dich auch als sehr offenen Menschen empfinde.

PONGRATZ: Was nichts mit Charakterqualität zu tun hat, das verdanke ich meinem burgenländischen Vater, der auch ein lockerer Mensch war und andere Standpunkte verstehen und akzeptieren konnte. Nur deswegen konnte ich als Nicht-Bühnenbildner am Theater arbeiten. Viele Jahre und viele Stücke hindurch.

Wobei das zuvor angesprochene Statement speziell auf Ihren „Kinderlieder-Zyklus" abzielt.

PONGRATZ: Ja, aber im Prinzip sind viele meiner Bilder mit ähnlichen Maßstäben zu messen. Was mir darüber hinaus in meinem Leben genutzt hat, war, dass ich mich wirklich vorurteilslos für Kitsch interessiert habe.

Für Kitsch im herkömmlichen Sinn?

PONGRATZ: Für klassischen Kitsch. Mittlerweile gibt es ja noch viel schlimmeren Kitsch. Denken Sie an die Millionen grauenvoller Homepages im Internet, die am Computer produziert werden! Aber die Leute spüren gar nicht, dass das im Grunde genauso

Peter Pongratz: „Kunst ist Seelensprache."

kitschig ist wie all die Jesus-Bilder, die vor zirka hundert Jahren entstanden sind. Ich habe nichts gegen diesen Kitsch, weil ich mich immer damit auseinander gesetzt habe. Was mir wiederum am Theater geholfen hat, weil man über die Schiene der Ironie Bilder finden kann, die allgemein verständlich sind, ohne dem Schauspieler hineinzupfuschen.

Sozusagen der bewusste Mut zum Kitsch.

PONGRATZ: Wobei das – analog zum Schönheitsbegriff – wieder eine Definitionsfrage ist. Reden wir einmal von Hundertwasser. Der Hundertwasser galt in den letzten zehn Jahren vor seinem Tod als furchtbarer Kitschindianer. Darüber kann man jetzt streiten. Vielleicht stimmt es sogar. Aber wenn man so furchtbar scharf darauf ist, Kitsch nicht hochkommen zu lassen, warum kommt es dann zu dieser Computer-Kitschflut?

Aber im Fall von Hundertwasser kommt der so genannte Kitsch ja sehr gut an.

PONGRATZ: Ja, aber darüber wird nicht diskutiert. Man redet über ästhetische oder zwangsästhetische Definitionen. Und da kann man sagen: Kann sein, dass Hundertwasser etlichen Kitsch produziert hat – na und?

Gibt es da nicht Analogien zum Theater? Was ist beispielsweise in der Theaterwelt verpönt?

BÖHM: Mit dem Begriff Kitsch ist das wirklich sehr schwierig. Ich persönlich fände es sehr schade, wenn ein Schauspieler eine Fähigkeit an sich entdeckt, die besonders gut ankommt und die er dann für den Rest seines Lebens durchzieht.

PONGRATZ: Das kannst du ruhig als Kitsch bezeichnen. Wobei das auch nicht immer nur schlecht sein muss.

BÖHM: Nein, nur verbaut man sich eine ganze Menge. Man kann nichts anderes tun, als in seiner eigenen Psyche oder Seele nachzukramen, um das dann möglichst ehrlich in der jeweiligen Figur zu integrieren. Letztlich ist es eine Aufarbeitung des Lebens.

PONGRATZ: Um noch einmal auf den Kitschbegriff zurückzukommen: Im Grunde gibt es keine Kriterien, die sich doktrinär aufstellen lassen. Man muss alle Dinge zulassen und versuchen, je nach Können und Begabung das rauszuholen, was drin ist. Ob das als Kitsch oder als große Kunst bezeichnet wird, spielt keine Rolle. Es kommt nur darauf an, dass man das macht, was man wirklich empfindet und gut kann.

20. Juni 2002, MAK-Café

PETER PONGRATZ

Geboren 1940 in Eisenstadt. Studierte an der Akademie der bildenden Künste in Wien und an der Hochschule für bildende Künste in Berlin. 1965 erste Ausstellung in der Secession. 1966–1970 Assistent von Max Weiler in Wien. 1968 Gründungsmitglied der Künstlergruppe „Wirklichkeiten". Ab 1974 Studienreisen nach Paris, Venedig, Australien und in die Südsee. 1977 Burgenländischer Landespreis für bildende Kunst. Intensive Beschäftigung mit Film- und Bühnenausstattung (bis 1987). 1980 Österreichischer Staatspreis für bildende Kunst. 1992 Gestaltung einer Sonderbriefmarke der Österreichischen Post. Zu den wichtigsten Werkphasen von Peter Pongratz zählen u. a. die Zyklen „Querschnitte" (1967), „The Gentle Tasaday" (1976), „Das Herz der Finsternis" (1993), „Kinderlieder" (1993), „Alice In Madland" (2000), „Jump For Joy" (2002). Peter Pongratz lebt in Wien und auf der Insel Korcula (Dalmatien).

TONI BÖHM

Geboren 1949. Engagements u. a. am Schauspielhaus Graz, Theater in der Drachengasse, Schauspielhaus Wien, Schauspiel Bonn, Schauspiel Frankfurt und bei den Salzburger Festspielen. Seit 1990 kontinuierliche Arbeit am Volkstheater Wien. Hauptrollen u. a. in „Cyrano de Bergerac", „Die Nashörner", „Wittgensteins Neffe", „Der Talisman", „Die Jagdgesellschaft" und in „Biedermann und die Brandstifter". Für „Restwärme" (von Eugen Ruge) wurde Toni Böhm mit dem Karl-Skraup-Preis 1993/94 ausgezeichnet. Auf dem Film- und TV-Film-Sektor wirkte Böhm u. a. in „Lisa und der Säbelzahntiger" (1995), „Es war doch Liebe"(1997), „Heimkehr der Jäger" (1999), „Andreas Hofer" (2001) und in „Julia – Eine ungewöhnliche Frau" (2002) mit.